Hamelin, Guy 1969 -

Juste avant d'accrocher mon coeur
Dépôt SARTEC 19 avril 2011 par Guy Hamelin

Juste avant d'accrocher mon coeur
Dépôt Office de la propriété intellectuelle du Canada
1er aout 2011 par Guy Hamelin

guyhamelin.com
info@guyhamelin.com

Juste avant d'accrocher mon coeur

ISBN 978-2-9812719-0-7

Dépôt légal - Bibliothèque et Archives nationales du Québec, 2012

Dépôt légal - Bibliothèque et Archives Canada, 2012

Visuel : Francis Turenne

Juste avant d'accrocher mon Cœur

GUY HAMELIN

LES INTUITIFS

AVERTISSEMENT

Le contenu de ce roman est fictif.
Toute ressemblance avec votre vie
serait humainement normale :)

Pour être forgé, il faut être forgeable
Luc

Pour être aimé, il faut être aimable.
Simone

Le grand vide

Le soleil transperce les rideaux du salon, nous sommes en janvier, une journée triste et froide. Luc, inerte sur son sofa, fixe le plafond. Il déprime et broie du noir dans son appartement dénudé de vie.

Depuis trois semaines, Sonia l'a quitté pour un collègue de travail, de qui elle est tombée follement amoureuse. Luc a honte. Il n'a rien vu venir, il se sent trahi et rejeté.

Péniblement, il se redresse et reste assis quelques minutes sur le coin du sofa. Il a faim, ça fait maintenant deux jours qu'il n'a rien avalé. Son corps est lourd et il est épuisé. Un immense malaise l'habite, une pression inconnue est coincée dans son plexus.

Il rassemble péniblement toute son énergie pour enfiler ses grosses bottes et son manteau. Il traverse le long couloir vers la sortie et regarde sans émotion,sa planche de snowboard appuyée contre le mur.

Le *snow*... qui normalement l'inonde de joie.

Des rangées

Luc vagabonde dans les allées de l'épicerie mais rien ne l'attire.
Il est affamé et perdu. Planté devant une section de nouilles prêtes à manger, il est dans la lune.

Une présence derrière lui le dérange et se sent obligé de faire un choix rapidement afin de libérer la place.

— Crevettes et gingembre, lui dit une douce voix derrière lui.

— Pardon ? Répond Luc en continuant de regarder les tablettes et embêté d'être confronté à parler à quelqu'un ce matin.

— Crevettes et gingembre, reprend la personne. J'en mange à l'occasion, c'est doux, frais et bon. Faites-moi confiance, j'ai perdu beaucoup d'argent dans cette section avant de trouver les bonnes saveurs.
J'vous regarde depuis que j'ai tourné le coin. Vous devez sûrement être désabusé pour être devant ce genre de section.

Il se retourne vers la personne et fige devant cette belle femme qui le regarde de ses yeux pétillants et qui lui sourit de ses lèvres pulpeuses. Il prend deux boîtes de nouilles aux crevettes et gingembre, la remercie et continue son chemin.

Il pousse son chariot et se demande si elle le regarde s'éloigner en lui reluquant les fesses, qui sont sa marque de commerce. Au fond de lui, il aimerait la prendre dans ses bras et l'embrasser tendrement.

Arrivé au bout de la rangée et juste avant de tourner le coin, il se dit que si elle le regarde, ce sera un signe.

Discrètement, il tourne la tête, mais elle n'est plus là.

« Pourquoi j'suis comme ça, c'était facile, de quoi j'ai eu peur ?

Quelles sont les chances que ce genre de femme m'aborde dans une épicerie ? Crisse que j'suis épais, tous les signes étaient là pour aller plus loin, elle avait sûrement des intentions. »

Luc se met discrètement à la recherche de cette belle inconnue et traverse les allées de long en large, mais elle n'est plus là.

Arrivé à la caisse, il scrute la place dans l'espoir de la revoir. La caissière, une belle brune, lui sourit de ses yeux coquins et Luc lui répond, à son tour, de ses yeux de séducteur.

La belle inconnue et la caissière venaient de lui rallumer son désir de plaire et de séduire.

« Ce soir, j'vais sortir dans un bar, j'ai l'goût d'une femme. »

Les portes coulissantes de l'épicerie s'ouvrent, le soleil aveuglant le frappe en plein visage. Il fait froid. Son coeur est plus léger. Il a oublié Sonia, son ex, quelques instants.

Il avance dans le stationnement et brusquement, son cœur se met à battre la chamade.

La belle inconnue « aux crevettes et gingembre » est là, devant lui, avec son beau sourire et ses sacs à la main.

Luc est surpris par cette attaque de joie. Il est mal à l'aise, et se demande si elle remarque que son cœur veut sortir de sa poitrine.

— J'me demandais si tu allais sortir un jour. Ce n'est pas dans mes habitudes d'aborder un homme, mais tout à l'heure, dans la rangée, quelque chose de fort a monté en moi. Et toi ?

— Oui bien sûr, répond Luc sous le choc et essoufflé. Moi aussi, j'suis heureux de t'revoir, ben oui que j'ai senti quelque chose.

Ils se regardent quelques instants. Luc est nerveux, mais heureux.

« J’fais quoi maintenant ? se dit-il à toute vitesse. J’lui donne mon numéro, je l’emmène chez moi ou je l’invite à prendre un café ? Crisse, embraye ! »

— Il y a un parc juste au coin. On pourrait discuter et s’faire réchauffer par le soleil.

— D’accord, lui dit la belle inconnue, bonne idée, j’connais cet endroit. J’dépose mes sacs à l’auto.

— Mon nom c’est Luc. Et toi ?

— Allo Luc, Sophie, lui dit-elle, tout en douceur.

Non, c’est pas vrai ?

Après dix minutes à discuter sur le banc de parc, Luc, confus et troublé, fixe Sophie. Son sourire et sa joie viennent de faire place à la crainte.

« *My God*, c’est qui cette femme ? »

Sophie vient tout juste de lui annoncer qu’elle avait regardé son profil Facebook ce matin et qu’elle avait vu Luc localiser, avec son iPhone, l’endroit où il se trouvait : Luc est à l’Épicerie Beauséjour. Pour ensuite sauter dans sa voiture en espérant le trouver sur place, dans cette épicerie à deux pas de chez elle.

— J’sais Luc, que ça peut t’sembler tordu, mais donne-moi la chance de m’expliquer. Ça fait des semaines que j’te regarde aller sur Facebook et j’adore qui tu es, j’te trouve beau et c’que tu écris me touche. Les vidéos et les liens que tu mets en ligne sont très révélateurs de ta personne, tu sembles avoir un grand cœur et tu es présent à tes amis. Toi Luc, tu le sais peut-être pas, mais tu utilises le langage du cœur. Ton mur transpire de créativité.

Tu m'inspires et j'ai envie de te connaître.

Luc reste bouche bée, terrorisé et sur le point de partir; il cherche dans sa tête et se demande quoi faire : fuir ou rester ? Il fixe Sophie dans les yeux...

— Mais comment fais-tu pour savoir tout ça sur moi ? Tu n'es même pas dans mes amies, je t'ai jamais vue ! Tu m'fais un peu peur Sophie, réalises-tu tout c'que tu m'dis ? Tu f'rais quoi à ma place, si un homme t'annonçait ça ? J'avoue que ça m'flatte tout ça, mais... J'suis quand même perturbé.

— Ton ex, Luc, ton ex. Nous étions des amies au Cégep et sur Facebook. J'suis aussi l'amie de Pierre dans tes amis et j'ai accès à ton mur et à ton profil n'importe quand. Ton profil est ouvert au public. Tout a commencé il y a quelques semaines, quand Pierre a commenté ton nouveau statut de célibataire. J'me suis tout de suite mise à explorer ton profil chaque jours.

J'ai ensuite enlevé Sonia, ton ex, de mes amis afin de m'sentir libre de te regarder aller, de t'voir vivre à travers mon écran. Facebook nous apprend beaucoup sur une personne si on est attentif. J'ai eu trois semaines pour me faire une idée de toi... J'ai reculé jusqu'à l'année passée dans tes publications. T'es toujours présent et inspirant, tu laisses une belle empreinte virtuelle Luc.

Mais j'avoue que, dans mes recherches, j'n'ai pas toujours trouvé ça facile de te voir, avec ton ex, en vacances et dans vos activités.

— Ah oui ! C'est vrai ! J'ai quelques photos à enlever, mais ces derniers temps, j'avais la tête ailleurs. Mon profil est encore public ?

— Je sais, Luc. J'te comprends, c'est pas facile une rupture, moi ça fait deux ans que j'suis seule.

L'amour

Nous sommes en juillet. Le jour éblouit la chambre à coucher.
Luc ouvre les yeux. Il reprend tranquillement conscience, il se sent léger et savoure le moment.

Un doux parfum lui caresse le nez. Il tient Sophie endormie au creux de son épaule et sent son corps doux et chaud collé contre lui.
Il caresse de sa main ses doux cheveux bruns et continue son tendre parcours jusqu'au bas de son dos si délicat, le creux de son bassin, qui réveille en lui la tendresse et le calme.

Être collé ainsi contre Sophie le libère de ses angoisses. Le petit mal de ventre de Luc, qui le suivait partout depuis des semaines, a disparu. Ce malaise, ce petit vide à l'estomac, creusé par l'attente et la recherche de l'amour, s'est enfin dissipé.

Luc se lève doucement et regarde Sophie allongée dans ses draps blancs. Il s'habille au travers des rayons du soleil qui pénètrent les rideaux entrouverts. Il quitte silencieusement la maison et marche lentement sur la rue déserte du matin, en direction du marché.

Chaque dimanche matin, Luc répète cette routine afin de préparer le déjeuner à son amoureuse. Ce rituel est ancré et le restera, il en a la certitude.

Pour la première fois de sa vie, les dimanches de Luc sont remplis de joie... Dimanche, cette journée triste depuis toujours.

Ça fera bientôt six mois qu'ils se sont rencontrés à l'épicerie.

« Le temps a passé si vite », pense-t-il.

Avant Sophie, Luc flottait dans le temps et le vide, il sentait son âme rôder, sans repos.

Maintenant, les dimanches le rendent vivant et le remplissent d'espoir.
Luc connaît, maintenant, la puissance d'un ancrage et d'un rituel amoureux.

Les dimanches de Luc, âgé de 8 ans et demi

Dimanche matin allongé sous la table du salon familial, le petit Luc, 8 ans et demi, s'amuse avec ses jouets et vit dans son monde imaginaire. Il trouve refuge dans ses aventures, il fuit son malaise intérieur inconnu, il ne veut pas déranger. Ils sont six dans cette maison.

Le petit Luc est le plus jeune, l'artiste, le rêveur, l'isolé et l'invisible. Il ne veut surtout pas se faire bousculer.

— Mets tes souliers, lui dit son père. On s'en va à l'église. Envoyez, faut partir, dépêchez-vous crisse !

Le petit Luc se sent ridicule habillé de ses vêtements propres du dimanche. Il n'a pas de mot pour décrire son émotion. D'ailleurs, il n'a pas vraiment de mot à mettre sur toutes ses émotions.
Personne ne le lui a montré et surtout pas à l'école.

En réalité, il a honte d'être habillé ainsi, il se sent comme un clown. Cette honte est mélangée à la peur de cette sortie imposée, à attendre sur un banc froid d'église, à ne rien comprendre de toute cette anxieuse sortie du dimanche.

De plus, il est bien averti par son père de garder le silence et de ne pas déranger, sinon « ça va aller mal en crisse. »

Immobile sur le banc froid, il est nerveux, mais surtout impatient de retourner se réfugier avec ses jouets, ses aventures imaginaires où le mal est vaincu, les justes triomphent et où la vérité gagne toujours.

Le petit Luc regarde le curé les bras ouverts à l'avant, il écoute les histoires sur Jésus qu'il aime bien, même si quelque chose cloche.

« Mais comment un bon gars comme lui, le fils du puissant M. Dieu, avec tous ses pouvoirs de super héros, se laisse accrocher sur une croix en bois ? Pourquoi se faire tuer pour moi, pour nous ? Ce n'est pas ça un super héros. On me dit d'écouter le petit Jésus afin d'être une bonne personne, que je dois être gentil et ne pas trop en demander pour être aimé de lui.

Et mes grands rêves, eux, j'en fais quoi ? »

Toute sa jeunesse, le petit Luc recevra en héritage familial de pauvres croyances intergénérationnelles. Un héritage dénué de culture, de connaissance de l'être, d'affirmation de soi et d'intuition.

Il sera limité et devra développer toutes ces choses par l'adversité tout au long de sa vie.

Sur son banc froid et habillé propre, le petit Luc s'imagine se lever et aller donner un discours à l'avant sur l'autel.

Il prend place, debout sur une chaise, le petit micro devant la bouche en s'agrippant à deux mains au lutrin.

La fille d'à côté

— Bonjour tout le monde, je m'appelle Luc et j'ai 8 ans et demi. Je vous trouve tous drôles, habillés propres. Je ne comprends pas cet endroit.

Tout le monde est gentil, mais ce n'est pas ce que je vois dehors. Vous êtes calmes, Jésus a beaucoup de pouvoir sur vous, vous devez sûrement avoir peur de lui, comme moi de mon père.

Dans 8 ans, j'aurai 16 ans et demi, et durant une belle et chaude journée de mes vacances d'été, je me trouverai en face de la maison de mon ami Stéphane où six de mes amis seront assis sur les marches de son balcon et me regarderont arriver. Je sentirai une drôle de tension flotter dans l'air. Ils me regarderont sans dire un mot.

C'est à ce moment que M. Parent, le père de Stéphane, sortira promptement de sa maison et me regardera de ses yeux méchants.
Ensuite, l'homme qui ne sourit pas, le père de la fille d'à côté, sortira de chez lui et enjambera la petite clôture qui sépare les deux balcons et se plantera à côté de M. Parent, sans dire un mot.

— Toé, mon p'tit crisse ! Me dira M. Parent. On va t'envoyer une lettre d'avocat. T'as mis la fille d'à côté enceinte.

— Tout deviendra noir devant moi...

Je tomberai mentalement inerte et mon cœur battra à toute vitesse.
De leurs regards remplis de jugement, mes amis riront sournoisement de moi. Ils me diront des choses blessantes dont je ne me souviendrai pas et tout ce temps, je fixerai le père de la fille d'à côté, l'homme qui ne sourit pas, qui lui, ne dira rien.

Je ne me souviendrai pas comment je serai revenu m'isoler dans ma chambre, seul avec cette douleur inconnue, ce poids, ce crime.
Les pires scénarios m'envahiront l'esprit.

Des avocats viendraient me faire du mal et prendraient la maison de ma mère, j'irais en prison. Mais, surtout, je ferais de la peine à ma mère, car elle m'a toujours dit de prendre soin des filles et de les respecter.

Mon père, quant à lui, ne sera pas là, il habitera une autre ville avec sa nouvelle femme qui a une fille et un garçon.

Les semaines suivantes, je tomberai dans une confusion profonde.
Je ferai sans le savoir, une dépression de plusieurs mois, mais je réussirai à enfouir tout ça au fond de moi.

Oui, j'aurai 16 ans et demi, seul et sans ressource, personne à qui parler, plus de jouets pour fuir dans un autre monde depuis longtemps.

Mes amis et moi oublierons cette histoire. Je continuerai à subir mon adolescence, sans jamais comprendre ce qui est vraiment arrivé, car la fille d'à côté ne m'aura jamais donné de nouvelles.
Elle aura disparu.

Avec le temps, je conclurai que ce n'est sûrement pas moi le coupable, car la fille d'à côté sera beaucoup plus vieille que moi et elle aura un amoureux adulte depuis longtemps, en même temps que moi. C'est sûrement lui qui aura fait cette chose et on chercherait à me mettre ça sur le dos, car lui sera majeur et pas moi... « Elle le protègera de la loi », je penserai.

Des mois plus tard, à peine remis de ce traumatisme, je serai assis tranquille dans le métro. Les portes s'ouvriront et plusieurs jeunes filles au gros ventre entreront dans le wagon.

Je tomberai à nouveau en état de choc quand je verrai la fille d'à côté entrer avec son gros ventre et me regarder au loin, perturbé, en train de chuchoter à l'oreille d'une autre fille au gros ventre des mots que je ne comprendrai pas.

Je détournerai mon regard contre la vitre, mon cœur voudra sortir de ma poitrine, mes larmes seront retenues de toutes mes forces, la honte et la peur m'envahiront. J'irai me cacher au fond de mes pensées et, encore une fois, je ne saurai pas la vérité.

Un silence règne dans l'église, le petit Luc finit son discours. Personne ne bouge. Il lève alors la tête et reprend la parole :

— Cette fille, la fille d'à côté. À l'âge de 30 ans, alors que je serai encore hanté par mon passé, je tenterai de tout comprendre en téléphonant à son père, l'homme qui ne sourit pas. Mais il me raccrochera la ligne au nez. Je téléphonerai à nouveau et ce sera maintenant le frère de la fille d'à côté qui me dira de laisser son père tranquille, car il aura l'air d'avoir vu un fantôme, que cette histoire est du passé et de ne pas chercher à comprendre, car la fille d'à côté a une nouvelle vie.

Tout ce que je saurai, à 30 ans de cette histoire, c'est que la fille d'à côté m'invitait chez elle, les vendredis soirs, quand son amoureux adulte n'était pas là. Qu'elle m'invitait dans sa chambre pour boire de la bière et pour se coller contre moi !

Je me souviendrai aussi des soirs où la mère de la fille d'à côté dormait dans sa voiture, car elle était trop soûle pour bouger.

Je me souviendrai que la fille d'à côté n'aura pas, elle non plus, reçu un héritage familial de qualité.

Et M. Parent, le père de Stéphane, je me souviendrai de lui qui, du haut de son balcon, me menaçait d'une lettre d'avocat. Mais qui deux semaines plus tôt voulait me payer 40 piastres pour me toucher, mais dont j'aurai été protégé. Je me souviendrai que j'aurai été le seul parmi mes six amis, assis ici et là, sur les marches de ciment, que M. Parent n'aura pas réussi à abuser.

Un silence flotte dans l'église.

Le petit Luc a de la peine, mais continue son discours.

— À l'âge de 39 ans, alors que je serai en thérapie fermée, j'écrirai une lettre à mes parents, que je brûlerai par la suite.

Chers parents,

J'aurais eu besoin de comprendre comment fonctionne la vie, de savoir que votre Dieu est seulement amour, qu'il me donnera tout ce que je veux, mais surtout, qu'il me laissera libre de choisir. Qu'il mettra des gens et des situations sur mon chemin pour m'aider à faire ces choix, mais qu'au bout du compte, je serai libre de choisir.

J'aurais eu besoin d'apprendre à mettre des mots sur ce que je vis et ce que je ressens.

J'aurais aimé savoir que les femmes ne sont pas toutes gentilles, que chez l'humain il y a des êtres perturbés qu'il faut éviter.

J'aurais aimé apprendre à dire non, apprendre à dire oui ou tout simplement dire, « je ne le sais pas» sans me sentir mal. Ce sont les « oui » qui m'ont le plus détruit, car je n'étais pas capable de dire non.

J'aurais aimé savoir comment me fier à mes intuitions, apprendre à lâcher prise, mais surtout savoir que tout ce qui m'arrive est un plan et que tout est parfait.

Que tout l'Univers conspire à m'aider à atteindre mes rêves.

Que de donner généreusement me reviendra en surplus.

Que de pardonner, de m'amender et de réparer mes torts libèrera ma source au creux de mon ventre où toutes les réponses intuitives se trouvent.

Et, surtout, de savoir que d'aimer, d'être aimé et d'être utile sont à la base de la santé mentale.

Chers parents, malgré tout, merci de m'avoir donné mes plus grandes forces de vie. La vérité, l'honnêteté, la joie, la douceur, la communication et le respect.

Je constate que vous avez un peu passé à côté et que dès aujourd'hui, je serai mon propre parent et je vais créer ma vie.

Luc.

De retour à l'église :
Les sacs de coton

Le petit Luc se redresse sur sa chaise et soulève un sac de coton blanc.

— Voyez-vous ce petit sac de coton blanc, il est presque vide, mais au fil des ans, il se remplira d'émotions, de traumatismes et de fausses croyances. Il grossira avec le temps et tout comme vous, j'aurai ce bagage à porter sur mes épaules et constamment, il dictera et influencera ma vie.

Le petit Luc descend de sa chaise et traverse l'allée centrale. Tout le monde le regarde avancer avec son petit sac de coton à la main. Il arrive devant la grande porte, il est minuscule dans cette immense église, et de tout son petit corps d'enfant, pousse la lourde porte qui fait apparaître les rayons du soleil. Tout devient blanc et le petit Luc disparaît dans la lumière.

On le retrouve à l'extérieur, par cette journée ensoleillée, à parcourir les rues de son quartier. Il est curieux et nous fait découvrir l'univers des sacs de coton.

Des gens apparaissent de partout, comme dans une fourmilière, transportant leur sac de coton. Le petit Luc regarde cette scène se dérouler devant lui.

Un grand oiseau blanc plonge gracieusement du ciel pour le rejoindre et plane derrière lui, juste au-dessus de sa tête, un peu comme pour le protéger.

À travers les yeux de l'oiseau, on voit le petit Luc, de haut, avancer innocemment sur le trottoir en cette sublime journée d'été, accompagné d'une douce brise de vent chaud qui caresse ses cheveux brun foncé aux pointes pâlies par le soleil.

Avançant sur le trottoir, le petit Luc croise un vieillard triste. L'homme fripé, au dos courbé, pousse péniblement un carrosse d'épicerie, aux roues de plastique usées, qui sursaute sur le ciment. Son gros sac de coton prend toute la place dans son carrosse rouillé.

Le petit Luc ne comprend pas ce qui lui arrive, de la peine monte en lui.

Il passe ensuite devant un grand immeuble à appartements. L'oiseau, lui, juste au-dessus de son épaule, s'élance rapidement dans les airs comme un deltaplane, pour rejoindre, tout en haut de l'immeuble, le rebord d'une fenêtre ouverte donnant sur un salon.

L'oiseau y trouve une femme affairée à confectionner une housse tendance mode afin de recouvrir son sac de coton devant elle, à ses pieds. Elle est là, un peu névrosée, à découper et à coudre des bouts de tissus afin de camoufler ses tourments.

L'oiseau regarde le petit Luc de là-haut et sait qu'il rencontrera ce genre de femme un jour.

Le petit Luc voit un homme sortir de la banque et qui fonce presque sur lui, il recule spontanément.

Cet homme à l'allure d'un magnat de la finance est indifférent à ce qui l'entoure. Il lève le bras et déclenche l'ouverture du coffre arrière de sa BMW. Un objet de son sac de coton tombe sur le sol, c'est une boîte de crayons de couleur. L'homme la remet aussitôt dans son sac de coton qu'il pousse ensuite difficilement, pour le faire entrer dans le coffre de sa voiture. Son monstrueux sac de coton imprimé de signes de dollar.

« Wow ! pense le petit Luc, des crayons de couleur, ils sont chanceux les enfants du monsieur. C'est sûrement pour ça qu'il est si pressé, il leur prépare une surprise. »

L'oiseau, encore là-haut, jette un coup d'œil protecteur sur le petit Luc dans la rue. L'oiseau saute de rebord en rebord et se retrouve face à une fenêtre donnant sur une chambre à coucher.

Une jeune fille, debout au pied d'un lit, sort de son sac de coton un drap blanc fripé et roulé en petite boule. D'un geste sec de ses bras, elle le projette pour l'étendre sur le lit.

Le drap flotte et redescend doucement, couvrant lentement le matelas.
La jeune fille, perturbée, ferme les yeux en voyant la grosse tache de sang séché en plein milieu du drap blanc fripé par la honte et la peur.

Un homme apparaît et détache son pantalon.

« Un jour petit, songe l'oiseau, tu feras l'amour à des femmes tristement blessées, comme cette fille. Tu ne seras pas toujours conscient de leurs terribles secrets. Je te souhaite d'avoir confiance en toi et d'avoir de la compassion dans un lit. »

L'oiseau se retourne et perd de vue le petit Luc qui tourne le coin. Il se jette agressivement dans le vide pour le rejoindre. Sa descente est rapide et puissante entre les maisons et les arbres qui défilent de chaque côté. Il tourne le coin agilement et retrouve le petit Luc immobile, qui regarde un autobus passer devant lui, bondé de citoyens et de travailleurs qui ne sourient pas, tous entassés avec leurs gros sacs de coton.

À l'arrière de l'autobus, des adolescents rigolent et se lancent des objets arrachés du sac de coton d'un petit garçon dodu qui pleure, les implorant de lui remettre ses objets. Un des adolescents plonge à nouveau sa main dans le sac du petit garçon et fait éclater tout le monde de rire en y sortant un tutu bleu.

Le petit Luc les regarde et se dit qu'il a hâte d'être grand, pour aller à la grosse école grise.

L'autobus continue sa route, et le petit Luc aperçoit de l'autre côté de la rue un homme spécial aux cheveux stylisés, habillé de vêtements noirs, portant de grosses lunettes fumées et au thorax bombé.

Le petit Luc est intrigué !

« Mais pourquoi cet homme spécial n'a-t-il pas de sac de coton ? »

Soudainement, une femme coquette aux longues jambes et chaussée de talons hauts ouvre la porte de la maison derrière l'homme spécial.

De peine et de misère, elle transporte deux gros sacs de coton, dont un sur son épaule. La pauvre a les cheveux tout ébouriffés par celui-ci, et de son autre bras, traîne difficilement l'autre sur le sol.

« C'est sûrement le sac de l'homme spécial », en conclut le petit Luc, soulagé.

Il trouve cette femme vraiment gentille de prendre soin ainsi de l'homme spécial qui lui, marche devant elle sans la regarder.

Le petit Luc continue sa balade et s'approche du prochain immeuble, un triplex. Au troisième étage, des cris résonnent et une silhouette devant la fenêtre brandit un sac de coton dans le vide.

L'oiseau plonge à toute vitesse et fait dévier le petit Luc de sa trajectoire, le guidant vers la ruelle juste à côté et se pose ensuite sur une voiture en face de l'immeuble. Un homme affolé en sort à toute vitesse et s'arrête sur le trottoir la tête en l'air. Il est là, à s'engueuler avec une femme qui lui lance, du troisième étage, un veston, des revues de sports, deux sacs à ordures bourrés de vêtements qui s'éventrent sur le sol. Et finalement, un sac de coton, le sien, qui tenu dans le vide par la femme, terrorise l'homme affolé.

— Non, pas ça ! dit-il. Mais il est trop tard, son sac est déjà en route et s'écrase sur le trottoir. Il s'ouvre et libère son contenu un peu partout devant l'homme affolé.

Des bouteilles de bière roulent, des poupées Barbie et Ken vieillies par les années sont coincées sous une poupée vaudou, la photo d'une femme différente de celle qui est là-haut dépasse du sac.

Finalement, juste à ses pieds, il regarde un test de grossesse.

« Non, pas toi, petit, pense l'oiseau. Ça ne fait pas partie de ton plan. »

L'oiseau tourne la tête, s'envole et s'enfonce dans la ruelle. Le petit Luc est là, les mains appuyées, à regarder par la fente d'une clôture. Il regarde un homme minutieux qui, de sa porte de garage ouverte, dépose méticuleusement tous les objets de son sac de coton sur le sol de ciment, à ses pieds. Il les frotte soigneusement avec un chiffon blanc avant de les déposer côte à côte.

Le petit Luc est heureux de voir que l'homme minutieux prend si bien soin, du contenu de son sac de coton.

« J'aime ça, l'ordre et la propreté, se dit le petit Luc. »

Il sourit, se retourne et continue son parcours.

L'oiseau arrive et se perche sur cette clôture.
Il regarde l'homme minutieux fermer les yeux quelques secondes, prendre une grande respiration, saisir de ses mains un gros tuyau flexible de métal qu'il branche à son pot d'échappement pour ensuite disparaître derrière la porte de garage qui se referme devant lui.

« Petit, mon pauvre petit, songe l'oiseau, si tu savais comment j'ai de la peine de savoir que tu seras confronté à ce genre de décision de désespoir dans quelques années. Vis, mon petit, vas accumuler des moments de joie et de bonheur, tu en auras tant besoin pour t'y accrocher. »

Le petit Luc arrive au bout de la ruelle. Une femme est assise en position de lotus sur son balcon en bois au style japonais. Elle a les yeux fermés et médite devant son minuscule sac de coton. La plénitude inonde ce lieu. Le petit Luc est heureux pour elle, mais il ne comprend pas pourquoi son sac est si petit.

Il se retourne, traverse la ruelle et pousse la porte de sa cour arrière.
Des jouets jonchent le gazon, ses jouets, son refuge. Il s'avance parmi eux, dépose son sac de coton, et s'invente une nouvelle histoire de super héros, où bien sûr l'amour, la vérité et la justice gagnent toujours.

L'oiseau, satisfait de voir le petit Luc en sécurité, s'élance dans le ciel et disparaît. On le revoit là-haut, regardant les maisons, les piscines et les voitures avancer dans les rues, il s'élève encore plus haut, fonçant dans les nuages, et là, tout devient blanc.

— Je t'attends, mon petit Luc, un jour tu me rejoindras. Mais d'ici là, je souhaite de tout mon cœur que tu me fasses confiance. Il y a un plan pour toi, saisis-le et fonce dans la vie.

— Je t'aime.

Dimanche matin, Sophie

Luc dépose son sac d'épicerie sur le comptoir, prépare deux espressos et rejoint Sophie dans la chambre, qui relaxe à feuilleter une revue. Il lui colle tendrement un baiser sur le front et au moment de se relever, elle s'agrippe à son cou, le tire et l'embrasse.

— Prends ton temps Sophie, j'vas être à la cuisine.

Elle lui sourit, hume son café et entre dans la salle de bain.

Ils passent la journée ensemble à ne rien faire, sans un mot, à être, et cela, sans l'inconfort du silence.

En fin de journée, Sophie, occupée à la cuisine, jette un coup d'œil par la fenêtre et regarde Luc, qui se laisse bercer confortablement dans son hamac, sous les chauds rayons du soleil qui lui tiennent compagnie.

« J'me sens si bien », constate Luc, mon corps est relax et mon esprit est tranquille, j'respire librement. »

Il contemple le ciel bleu et se perd dans les nuages.

« Je dois vibrer à mon essence avec Sophie. On n'a même pas besoin de forcer, on est comme deux petites bêtes, comme l'oiseau perché sur le chat couché, sur le tapis, et qui s'amusent ensemble sans danger.

Il n'y a rien à comprendre, je suis vraiment chanceux. J'ai peur de tout perdre, j'ai peur de mourir, peur que ça dérape, il y a sûrement une pogne quelque part. »

Luc chasse ses idées noires qui commencent à l'inonder, il se connaît assez pour savoir que de nourrir une peur, c'est comme faire l'erreur de nourrir un seul oiseau à une table à pique-nique. On est vite envahi par tous les autres oiseaux à en perdre le contrôle.

Luc se lève subitement pour rejoindre Sophie à la cuisine, il est sur le balcon et la contemple à travers la moustiquaire, à préparer le dîner. L'image projetée devant lui est si parfaite que la peur de tout perdre reprend le dessus. Il pousse la porte et se dirige vers elle et la prend dans ses bras.

Elle le regarde tendrement, et lui dit:

— Je comprends Luc, moi aussi ça m'arrive. Je t'aime.

Elle le serre fort et son doux parfum le réconforte. Elle colle sa bouche contre son oreille et lui chuchote :

— Je t'aime, je t'aime Luc Vallan et je suis là, fais confiance, fais-moi confiance.

Elle le prend ensuite par la main et l'amène sur le sofa du balcon d'été. Il dépose sa tête sur les cuisses de Sophie.

— Raconte-moi Luc, dis-moi dès maintenant ce qui te remonte du passé, j'aimerais te comprendre pour mieux t'aimer.

Luc reste là, à la regarder, cherchant en lui. Une pensée lui apparaît à plusieurs reprises, mais il la repousse.

— J'le sens, lui dit-elle, c'est là en toi mon amour, qu'est-ce que tu fuis ?

— Rien, Sophie.

— Non, Luc, c'est ça. Raconte-moi.

— Je sais pas, j'étais petit, c'était le dernier jour de mes vacances. J'étais sur la plage avec cette fillette et on devait avoir 8 ans. Il ne restait que quelques minutes avant notre départ. Nous avions passé les deux semaines ensemble à faire toutes sortes d'activités.

J'étais amoureux Sophie, c'était mon premier vrai amour. Mon cœur s'était ouvert pour la première fois et j'étais heureux. Jamais je n'avais connu cette joie en moi.

Mais là, on était pris au piège, face à face, les pieds dans le sable. Imagine Sophie ! On n'avait pas pensé que ça finirait un jour.

Son père, l'homme qui ne sourit pas, nous regardait au loin, sûrement impatient ou pressé de repartir en ville ou tout simplement effrayé de cette situation, j'sais pas. On était l'un en face de l'autre, mains dans les mains, désespérés et à quelques secondes de se quitter.

Soudainement, l'espoir m'a envahi Sophie. La fillette a eu la bonne idée d'écrire son numéro de téléphone dans le sable. J'avais tellement peur que le vent se lève pour tout effacer.

Elle s'est avancée et m'a donné un timide baiser.

Et là, son père, après avoir vu ça, s'est garroché sur nous. Il l'a prise par la main, mon amoureuse, et l'a tirée vers lui en m'regardant avec ses yeux d'enragé. Il a ensuite brusquement arrêté et s'est retourné. Puis, d'un coup de pied dans le sable, il a effacé le numéro de téléphone, mon seul espoir.

Mon souffle s'est bloqué, j'ai retenu ma peine de toutes mes forces de ti-cul. Mes yeux étaient pleins d'eau, j'voyais flou et j'entendais la fillette qui pleurait au loin. Elle s'est retournée à plusieurs reprises pour me regarder pis elle a disparu dans l'auto de son père.

Jamais de ma vie, Sophie, je n'ai vécu de blessure aussi forte. Cette peine insupportable m'a ancré dans le rejet depuis ce jour et sans en être conscient, j'me suis dit que pu jamais j'n'allais m'faire vivre ça.

J'me suis senti comme un ennemi Sophie, j'avais honte. Le père de la fillette, était un adulte et il devait avoir raison, que j'ai pensé dans ma tête de petit cul ! Que j'devais être un petit crisse de bon à rien pour qu'il protège sa fille.

Sophie, les yeux remplis de larmes, regarde Luc en lui flattant les cheveux.

— T'es beau Luc, t'es vraiment beau quand ton cœur est ouvert, j'ai d'la peine pour toi et cette fillette, merci d'me faire confiance et de m'permettre d'aller plus loin en toi.

Confection Coquine

Sophie stationne son auto, elle vient de traverser la ville lourde et humide, le soleil l'agresse et il fait chaud. Elle referme la porte de l'auto, sac de cuir à la main et lève la tête pour regarder le bâtiment.
Elle replonge ses yeux sur son bout de papier griffonné à la main.

« Confection Coquine Lingerie, 43 rue des Formes », et elle y entre.

— Bonjour, j'viens porter ce sac-là au photographe Luc Vallan, dit-elle à la réceptionniste qui ne sourit pas. Il travaille pour votre entreprise aujourd'hui.

Sans dire un mot, la dame, aux allures d'une matrone russe, pousse le petit bouton qui fait vibrer agressivement l'ouverture de la porte d'à côté.

Sophie est troublée par cet accueil carcéral et traverse la porte comme si elle entrait en prison.

L'insécurité et la froideur des lieux teintent son esprit.

— Tout au fond à droite, lui dit sèchement la réceptionniste.

Sophie s'avance dans un long couloir défraîchi. Des vêtements mode et accessoires disparates jonchent le sol et lui montrent le chemin de cet interminable parcours. Les boums d'une musique en sourdine lui frappent les tympans. Elle aperçoit, tout au fond de ce tunnel sombre, une lueur blanche éclatante imprégnée de silhouettes féminines floues.

Sophie sursaute. Derrière elle, comme un coup de vent, une troupe de filles presque nues courent délicatement sur la pointe des pieds et disparaissent au loin, dans l'éclatante blancheur.

Sophie est visiblement troublée.

Les battements de musique résonnent maintenant partout dans son corps. Sophie, accotée sur le cadrage de la porte de l'immense local, regarde silencieusement Luc, qui est accroupi devant un mannequin à prendre des clichés des sous-vêtements « coquins » rouge vif.

— Sophie! notre sauveuse, dit Luc. Juste à temps avec ma lentille photo, on était justement rendu à la finale.

Luc prend le sac de cuir des mains de Sophie et installe sa lentille en une fraction de seconde. Il finalise la séance photo en prenant quelques clichés très rapprochés des sous-vêtements, afin de bien sentir les textures sur les photos. Ce kit final, qui, comme une seconde peau, est porté à la perfection par une pulpeuse brunette à la peau mélodieuse.

Cette déesse aux jambes infinies est là, debout devant Luc, les hanches courbées et terrasse de sa beauté toutes les femmes présentes.

Mais Luc, absorbé à créer et à capturer la lumière parfaite, ne voit qu'un produit parmi tant d'autres. Il est imprégné de son immense pression de perfection depuis ce matin, de cette responsabilité qui le tue émotivement à chaque contrat.

— On « wrap » la place, lance Luc, épuisé et encore étourdi par ce chantier d'échantillons. Il remballe précieusement son équipement tout en remerciant les mannequins et l'équipe artistique.

L'angoisse de Luc chute, il soupire un instant et savoure un moment de paix intérieure. Mais rapidement, il est étouffé par une nouvelle angoisse, Luc sait très bien que sa journée ne fait que commencer. Il sort immédiatement un disque dur pour protéger ses photos, une double protection de cette journée qui coûte des milliers de dollars au président de l'entreprise, qui lui, est encore assis à son bureau du deuxième étage à éteindre des feux au téléphone. Luc en aura pour la soirée à trier et sélectionner ces centaines de clichés. Le temps presse, l'impression du catalogue « coquin » est déjà en retard.

Luc dépose sa dernière valise dans le coffre de son auto, se retourne, mais Sophie est déjà dans sa voiture qui démarre à toute vitesse.

Surpris, il reste planté au milieu de la rue sans comprendre et regarde le cadrage des yeux de Sophie rivés sur lui dans son rétroviseur. Elle tourne le coin et disparaît.

Devant son ordinateur, à son studio, Luc passe la soirée à trier ses photos et à tomber sans relâche sur le répondeur de Sophie.
Il a pour seule compagnie le retour de son petit mal de ventre.

Il survole rapidement les centaines de clichés « coquins », car il est impatient de quitter le studio pour la rejoindre à la maison.

La débarque

— Va chier, va chier Luc Vallan, j't'ai vu la séduire cette crisse de vache, lui hurle Sophie déchaînée, les yeux rivés sur lui et traversant la cuisine de long en large.

— Voyons Sophie, arrête ! C'est pas la première fois que tu m'vois travailler ! Ça m'fait chier que tu penses ça d'moi, crisse. Moi j't'aime. J'comprends pas c'qui arrive, j't'ai jamais vue comme ça, pour qui tu m'prends, j'suis un gars fidèle.

— Aille! arrête Vallan avec ta fidélité. Y a juste toi qui m'dis ça, y a rien qui m'le prouve, tu m'prends vraiment pour une conne. J't'ai vu la regarder, j't'ai vu toutes les regarder les mannequins, j'l'ai vu dans tes yeux, ostie de séducteur. Plus jamais tu vas m'faire vivre ça, j'ai passé pour une crisse de folle, moé.

— C'est faux ! T'as rien vu, c'est ma job de prendre des photos. Tu veux que j'regarde où ? Y avait rien dans mes yeux. Ça m'fait chier que tu penses ça d'moé.

Luc se sent dénigré dans ses valeurs, mais il commence à se demander si Sophie n'a pas raison.

« Peut-être que j'suis comme ça et que j'ai rien vu ?

Les femmes étaient belles, surtout la dernière, j'ai senti qu'elle me séduisait. Haaa! Les mannequins, on dirait qu'elles me testent à chaque fois. Une chance que Sophie n'est pas arrivée avant, la brunette se changeait toute nue devant moi. Crisse qu'elles sont malades des fois les femmes, elles me testent tout le temps.

Sophie à voit pas comment j'suis fidèle, y a pas un gars qui aurait résisté à ça. J'ai jamais baisé avec la job, s'il fallait que je commence ça, j'serais brûlé vite dans le milieu.

Peut-être que j'suis dans la négation, Sophie a sûrement senti quelque chose, j'suis tellement dans brume quand j'travaille. C'est vrai que j'perds toute notion du temps.

C'est sûrement à cause de mes yeux, on m'l'a tellement dit, mes yeux de séducteur qui parlent et me trahissent. Ça m'fait chier d'être aussi transparent, ça doit être ça qui est arrivé.

Fuck off, moi j'suis intègre. »

Luc reste dans ses pensées, et malgré ses convictions profondes, doute encore un peu. Il commence à perdre le fil de ses idées et de la situation, car ça fait maintenant 2 heures qu'ils s'épuisent tous les deux dans cette sordide dispute sans fin.

— Excuse-moi Sophie, j'sais même plus où on est rendu, moi j't'aime, pis jamais j'te tromperai. J'te l'ai toujours dit ! Il me pousse des œillères quand j'suis en couple, aucune autre femme n'existe.

Après s'être disputé dans toutes les pièces de la maison, Luc est assis sur le lit, complètement épuisé et confus, mais il finit par sécuriser Sophie et enfin, la prendre dans ses bras. Mais Sophie, recommence à cribler Luc, mais cette fois-ci avec n'importe quoi.

— Ben la! té rendue où Sophie ? J'fais pas assez la vaisselle, mon linge traîne partout, j'suis pas assez disponible, j'fais juste travailler, tu en as donc ben sur le cœur. Ça me fait de la peine que tu penses tout ça de moi. J'comprend pas.

Luc baisse le ton et change d'attitude même s'il n'est pas d'accord avec elle et, d'une voix douce et sécurisante, il passe le reste de la soirée à la sécuriser et la réconforter, bref, à tout faire pour remettre la situation en place. Une certaine paix finit par flotter dans la chambre à coucher. Luc retrouve le calme et réussit à s'endormir.

Mais quelque chose de non perceptible le chicote dans le bas du ventre toute la nuit.

Aux aurores, Luc, inconscient qu'il a les yeux déjà ouverts, brasse dans sa tête et sa poitrine les charges émotives d'hier soir et finit par réaliser qu'il est réveillé. Il prend conscience qu'il est furieux, révolté et sur le point d'éclater de colère. Il pousse les draps férocement, se lève brusquement et se dirige dans la douche.

— Sacrament, se dit-il tout bas et du fond de ses tripes. Comment ça qu'elle me croit pas, j'les ai pas séduites les osties de mannequins, a vas-tu comprendre ? J'ai plein de job en retard à cause d'hier moi crisse, à l'voit pas ? Pourquoi a m'fait chier de même ?

Luc a beau être sous la douche, mais l'eau ne parvient pas à dissiper cette sueur froide de colère qui lui sort de partout. Sophie, quant à elle, est assise anxieuse au pied du lit.

Il sort de la douche et traverse la chambre sans la regarder, il s'habille violemment et passe à la cuisine.

« Ma t'en chier d'la vaisselle pis de la présence, poursuit Luc enragé dans sa tête. »

La colère écrase son thorax, il a la tête embrouillée, il ne raisonne plus et toutes ses émotions sont armées.

— Qu'est-ce qu'y'a à matin ? lui demande Sophie, craintive et accotée sur le comptoir de cuisine au même endroit que Luc, hier soir. Mais maintenant c'est à son tour de le regarder bouger de long en large, furieux.

Il s’avance vers Sophie et l’engueule pour les six prochaines minutes et quitte la maison. Il ferme violemment la porte de sa voiture et s’en va faire les approbations photos chez son client. Une grosse journée l’attend, il est complètement bouleversé et se demande comment il va traverser cette journée imprégné de peine, de honte, mais surtout de regret.

Un gouffre lui creuse le ventre, la peine inonde tout son être.

L’image de Sophie lui revient constamment en tête, terrorisée et affaissée sur le sofa, essuyant de ses petites mains tremblantes ses larmes infinies sur son visage, et ses paupières boursouflées de peine.

Ce matin, Sophie n’aura jamais eu le courage de répliquer d’une seule parole.

Les jours suivants, sans rien comprendre, ils s’enfonceront dans une tempête boueuse.

Six minutes, en seulement six minutes, leur amour basculera.

Le lit de la honte

Dans un coin au fond de son studio, Luc débloque le loquet de son lit mural qui est fermé depuis 4 mois. Durant toute la descente de celui-ci, un sentiment d'échec le ronge.

« Encore une fois. Encore une autre femme, un autre ostie d'échec. »

Luc se couche tout habillé, son corps et ses sens sont inertes et même la faim ne le déloge pas de son lit mural descendu au sol en signe de détresse.

Il remercie la vie de ne pas avoir de contrat cette semaine, car il n'a même plus la force de respirer. Il reste enfermé dans son studio deux jours, à fumer des cigarettes et à boire du café. À l'occasion, il tente d'avaler de petits bouts de rien qui traînent dans son frigo.

Il s'enfonce tranquillement dans les entrailles de l'isolement. Sa tête travaille sans relâche à étouffer les vérités, son ego utilise sournoisement tous ses stratagèmes pour l'ensevelir de culpabilité et surtout de honte.

Luc est inerte et cherche sans fin, dans sa tête, toutes les possibilités afin de se sortir de son mal. Mais cet exercice sournois lui fait l'effet contraire, il rationalise tout.

« J'dois appeler Antoine, faut que je parle à quelqu'un. Ha non! Ça m'tente pas de l'entendre, j'sais c'qui va m'dire.

Peut-être Alexandra, ha oui ! Alex, crisse qu'elle a un beau cul, non, j'me sentirais mal si on se sautait dessus. J'peux pas me permettre ça, j'la blesserais encore une fois. J'la connais en plus, aussi ben en avoir une nouvelle.

Appelle Antoine, non, pas encore une fois. J'veux pas qu'il le sache, j'suis toujours dans le trouble quand j'l'appelle. J'aurais dû rester proche de mes amis, faut tout le temps que j'm'isole avec mes blondes.

Qu'est ce que la gang va penser de moi encore ?

À chaque fois, j'pense que c'est la bonne.

Crisse, j'viens-tu de dire le mot « pense » ?

À chaque fois..., j'pense... et non, j'crois !

Luc reçoit cette prise de conscience en plein visage.

J'pense, ça vient de la tête et j'crois, ça vient du cœur !

Crisse que j'suis bon dans le déni.

Faut que j'mange, sinon ça va paraître dans ma face, j'maigris tout le temps quand ça arrive, ils vont m'le dire, lève-toi Luc, arrête de niaiser.

J'y crois plus à l'amour, c'est une ostie d'illusion, j'me fais pogner à chaque fois. J'étais convaincu que c'était la bonne, Sophie, j'croyais profondément que c'était la femme de ma vie.

C'est peut-être à cause de ça; normalement je les aime pas vraiment mes blondes, je prends ce qui passe, ostie que j'suis impatient.

Comment j'ai fait pour aller aussi avec Sonia ? Elle était même pas mon genre.

Ostie de Noël, la famille doit me juger, j'amène une nouvelle blonde à chaque année.

J'suis à boutte de me justifier à mes amis pour leur expliquer une rupture pis de leur dire de toutes mes forces que la nouvelle, c'est elle la bonne.

J'vas crever, on n'en parlera plus.

Faut que j'arrête de penser de même, c'est dangereux. Mon chakra doit être trop ouvert! J'suis sûrement trop hypersensible.

Vite Luc, change tes pensées.

Réveille, y'en a une crisse de gang qui aimerait être à ta place, les femmes me courent après, j'suis libre, j'vis de mon art, j'ai du temps pour faire plein de choses. Arrête de te plaindre.

Faut que j'appelle Antoine.

Ha oui! j'vas appeler Manon, elle est fine. Ah non! c'est vrai! elle est lesbienne, ostie que té malade, tu appellerais une fille pour t'aider, mais pas Antoine.

Comment ça j'écoute pas mes intuitions ? J'le sais à chaque fois pis j'me ramasse tout le temps dans l'trouble. J'dois pas être normal, chu peut-être différent des autres?

Pauvre Kim, j'ai été quatre ans avec elle sans vraiment l'aimer, je l'admirais pas. A faisait tout pour moi, pu jamais j'va faire vivre ça à une femme.

Un jour, m'a l'avoir la femme de mes rêves, c'est moi le problème, j'suis trop impatient, j'prends la première venue. J'étais déjà avec Kiéra deux semaines après avoir lâché Kim. »

Luc passe les deux jours dans sa tête avec cette puissante charge émotive et prisonnier de son ego. Dans un moment de lucidité, il écoute enfin la petite voix au fond de son ventre.

« Lève-toi, c'est assez, tu es déjà passé par là, tu es en danger, bouge. »

Soudainement, un souvenir monte en lui.

Sous observation

Luc se revoit onze ans en arrière, il était assis et confus devant une fenêtre à regarder la neige tomber. C'était le matin et il venait de terminer son petit déjeuner servi dans un plateau de plastique bleu, à l'urgence de l'hôpital psychiatrique. Il s'y était enfermé sous observation, il s'était amené là-bas lui-même, car il était certain de perdre la raison.
Il venait de se séparer de Kim, avait quitté son emploi et était en burn-out sans le savoir.

Le premier jour, on lui avait donné des pilules qui l'avaient assommé. Il a aussitôt refusé d'en prendre le lendemain. Il avait dit à l'infirmière qu'il déménagerait ici à temps plein si elle lui en redonnait, car c'était trop *cool* comme effet.

Durant son séjour, Luc a croisé plusieurs patients, allant de la femme au foyer complètement démolie par l'alcoolisme de son époux, à des hommes d'affaires réputés, des junkies, des personnes âgées sans ressource et à son grand regret, des habitués de la place qui entrent et sortent à longueur d'année.

— Hey! As-tu entendu ? Lui dit un jeune homme, debout devant une toile du style de Monet, accrochée au mur du couloir. Un très beau jeune homme, habillé d'une jaquette bleue et fendue par-derrière, laissant entrevoir ses fesses.

— Écoute! dit-il, en regardant Luc droit dans les yeux. Le cadre nous parle.

Cette scène, digne d'un film d'exorcisme, glace le dos de Luc et le ramène subitement à la raison. Il se lève brusquement de sa chaise et se dirige au poste des infirmières.

— Faut que j'sorte d'icitte, lance Luc aux deux internes. C'est pas ma place.

— Un instant monsieur Vallan, je vais appeler le médecin.

Depuis des semaines, Luc a la poitrine compressée, comme s'il avait une grosse boule bloquée à l'intérieur de son plexus. Il a maintenant encore plus mal, il a chaud et commence à paniquer.

— Asseyez-vous ici, monsieur Vallan, lui dit le médecin. Que se passe-t-il ? On me dit que vous voulez sortir, pourquoi ?

Luc est incapable de parler, il est en sueur. Une infirmière s'approche de lui et lui flatte le dos doucement.

— Respirez, monsieur Vallan, respirez par le ventre, lui dit-elle.

La douceur de cette femme le sécurise et le calme un peu.

Soudainement, Luc commence à relâcher ses émotions et se met à pleurer. Il vient enfin de libérer les puissantes charges émotives emprisonnées dans sa poitrine depuis des semaines, depuis sa séparation d'avec Kim.

Luc n'a pas pleuré ainsi depuis des années. Il sent maintenant sa respiration aller librement jusqu'au fond de son ventre. Il se sent enfin libre. Il pleure et expulse son mal de vivre durant les trois heures suivantes, sans relâche. Sa confusion mentale s'évapore et fait place à une paix intérieure qu'il a rarement sentie.

« Je me sens si léger, se dit-il. Crisse j'étais où ? J'me sens tellement bien. »

Luc reçut son congé dès le lendemain. Le médecin n'avait d'autre explication qu'une congestion d'émotions et lui suggéra le nom d'une thérapeute.

Le coup de pied au cul

« Lève-toi Luc, c'est ta seule solution. Sors de ton lit, quitte le studio maintenant. »

Après deux jours barricadé dans la noirceur, il ouvre les rideaux et le coucher du soleil orangé le culpabilise d'avoir perdu tout ce temps.

« J'dois parler à quelqu'un, pis vite. »

Il est déterminé et saute sur le téléphone.

— Luc, t'es où ? lui dit une voix masculine sur son répondeur. C'est Antoine, j'm'ennuie, t'as sûrement une blonde, on t'voit plus. J'fais un party avec la gang à soir, apporte ton maillot, tout le monde sera là.

Lourdement, Luc prend son rasoir électrique et se taille un look d'une barbe de deux jours. Ensuite il fait de même pour tout son corps, comme pour faire le ménage, un nouveau départ.

Il reprend un peu de vigueur et quitte sa grotte en direction de chez Antoine, son meilleur ami, qui l'accueille toujours chaleureusement.

Oups!

Luc passe par le côté de la maison d'Antoine et s'arrête, il déteste arriver par l'avant. Inconsciemment, il préfère surprendre afin de recevoir un accueil spontané.

Il mesure à l'œil la distance de la porte de la cour ouverte devant lui, et comme dans un film, il accélère et apparaît assis au volant de son scooter de ville. Il est habillé d'un jean, d'un t-shirt noir et de ses lunettes fumées.

— Luc! Luc! Luc! crient tous ses amis qui le regardent faire deux tours du grand terrain.

Antoine, les deux bras dans les airs, démontre toute sa joie.

— Luc est enfin de retour ! crie-t-il.

Luc descend de son scooter et se retrouve aussitôt dans les bras d'Antoine, mais recule. Antoine le regarde dans les yeux, le tire à nouveau contre lui et l'emprisonne tendrement de ses bras.

— Tu m'as manqué, lui chuchote Antoine dans son cou. Espèce de *lover*, t'étais où ?

Luc, confronté à tout cet amour, reste là dans ses bras et retient difficilement sa peine. Mais comme un coup de vent, il se retrouve la tête cachée sous l'eau à faire rire les filles dans le spa.

Aux allures d'une fête d'universitaires, cette soirée d'adultes calmes et aux airs de reggae est tamisée par la lune et quelques chandelles dispersées. Cette ambiance permet à Luc d'être invisible, comme caché derrière ses lunettes fumées.

Une vingtaine d'amis sont éparpillés sur le terrain et des silhouettes bougent, ici et là, dans les fenêtres éclairées de l'intérieur des deux étages de la maison noircie par la nuit.

Luc est assis dans le spa, en face de Martine, Stéphanie, Vicky et Alexandra. Elles rigolent quelques instants de ses blagues, pour ensuite reprendre leur conversation de filles, que Luc ne suivra pas, car son esprit vagabonde. Il est encore perdu dans les blessures de sa séparation.

— Hein! tu m'as parlé ? dit Luc à Martine. C'est à moi que tu parles ?

— J'connais ce regard Luc, raconte-moi. Tu as l'air triste, tes yeux te trahissent.

— Oui ! ouiiii !, raconte-nous Luc, reprennent les filles. Qu'est-ce qui se passe avec toi ? Ça fait longtemps qu'on t'a vu, comment elle s'appelle ?

— C'est pas c'que vous pensez, répond Luc embêté.

Les filles se retournent et se regardent avec un petit sourire en coin.

Un long silence suit, enterré par le bruit des remous du spa.

— Haaa ! Crisse, lance Luc, surpris et les yeux grands ouverts devant les filles.

— Quoi Luc ? Quoi ? demandent-elles intriguées et surprises.

— Réalisez-vous, que je suis en face de quatre de mes ex.

— On t'aime Luc, on t'aime, lui répondent-elles d'un ton coquet.

Il observe l'image projetée devant lui, il est trop tard, l'inconfort s'empare de lui.

Les filles elles, se regardent silencieusement, sans avoir besoin de rajouter quoi que ce soit, mais...

— On t'aime Luc, on te comprend... nous.

Luc quitte rapidement le spa conscient qu'il était en face de quatre femmes qui le connaissent dans ses moindres recoins, ses défauts et même son intimité. Il a peur d'être jugé, car en plus, il les a toutes larguées.

Il passe la soirée avec Antoine, qui lui, en profite à chaque ouverture pour lui tirer les vers du nez. Antoine sait très bien que Luc a besoin de parler, sinon il retournera s'isoler.

La soirée terminée, Luc enfourche son scooter et s'arrête brusquement en face du stationnement. Alexandra, une de ses ex, est là, accotée contre sa voiture et habillée d'une légère robe d'été, qui flotte dans cette brise de nuit.

— Arrête d'acheter la paix Vallan, lui dit Alexandra.

— J'comprends pas Alex, de quoi tu parles ? T'es encore fâchée contre moé ?

— Non Luc, au contraire, y a juste toi, on dirait, qui voit pas la belle personne que tu es. Tu n'as même pas idée du nombre de gars qui t'envient, toi, tes talents et ta personnalité. J'y ai touché moi, à ton cœur. Je l'ai vu, je l'ai senti et c'était beau à voir. Mais arrête d'acheter la paix, assume-toi au risque de perdre.

— J'comprends pas, la paix ? De quoi tu parles ?

— Ça m'a coûté quelques séances de thérapie pour apprendre et changer mes comportements en relation. Et du même coup, ça m'a permis de t'comprendre Luc.

J't'ai mal aimé, et j'm'en excuse. J't'ai constamment critiqué, j'me plaignais toujours de toi et j'trouvais n'importe quoi pour me plaindre.

J'savais juste pas comment t'aimer, de t'nommer mes besoins et surtout de te dire les vraies affaires. Pis toi, tu achetais la paix en m'sécurisant et en dénigrant toi aussi tes besoins.

Aujourd'hui, j'comprends pourquoi j'avais peur de toi le matin Luc.
J'savais jamais dans quel état tu t'réveillerais. Tu devrais apprendre à dire les vraies affaires sur place, pis vite, au lieu de les vomir trop tard.

Je t'aime Luc et j'souhaite de tout mon cœur que tu prennes conscience de cette vérité.

Luc est songeur, la bouche ouverte et cherche dans sa tête. Les informations montent du bas de son ventre et descendent aussi de sa tête, pour finalement se rejoindre au niveau de son cœur.

— T'as raison Alex ! j'comprends pas exactement tout c'que tu viens d'me dire, mais j'le sens.

J'm'excuse moi aussi Alex, j'ai pas toujours été disponible pour toi.
J'regrette mes réveils colériques et surtout, de t'avoir larguée. C'est triste.

— C'est pas ça qui m'a fait le plus de peine Luc, mais plutôt d'avoir appris que t'avais baisé une fille, deux semaines seulement après moi.
J'voulais t'arracher les yeux, mon petit crisse. Mais bon, va donc chier...

— Ouaaai, j'le sais. J'en ai entendu parler. Mais j'suis comme ça après une rupture, j'fuis, ça a rien à voir avec toi Alex ! Je m'excuse.

— C'est correct Luc, prend soin de toi, appelle-moi si tu as besoin de parler, j'sais que tu t'isoles.

« Pong !...» Un texto vibre sur la hanche de Luc, il regarde son cellulaire. « Vas chier crisse de trou cul, tu vas mourir ostie de chien sale. »

Sophie vient de lui envoyer son sixième texto de la journée. Luc est mal à l'aise et regarde Alex sans dire un mot. Il replace son téléphone.

— Merci Alex, approche.

Luc, à demi assis sur son scooter, emprisonne tendrement Alex dans ses bras et lui caresse le dos. Il a une folle envie de l'embrasser et de lui faire l'amour, mais il chasse rapidement cette idée.

De retour dans son studio, il regarde à nouveau les textos d'insanité envoyés aujourd'hui par Sophie, qui n'accepte pas de s'être fait larguer. Il sait très bien qu'il a fait le bon choix, car elle est comme devenue folle, le jour de cette séance photo de lingerie.

« Il manque un morceau du puzzle. J'peux pas croire que tout ça est arrivé à cause d'une séance photo, il y a autre chose. J'le sens, mais on dirait qu'elle l'a fait exprès, comme si elle avait utilisé ça pour briser la relation.

C'est quoi mon ostie de problème ? Pourquoi l'affectif dérape tout le temps ? »

Luc est conscient qu'au nombre de femmes qu'il a connues, un insidieux pattern le suit depuis toujours. Mais pour Sophie, c'est un mystère, elle était une exception, jusqu'à ce fameux jour.

Luc est un dépendant affectif et il le sait, mais il n'en comprend pas encore tout le sens. Il est un affecté de l'amour afin de remplir son vide, son petit mal de ventre.

Dans le passé et par impatience affective, Luc a mis de côté ses critères dans quelques relations. Il a malheureusement choisi des femmes qu'il n'admirait pas totalement.

Luc a cette capacité de s'en passer des vites et de vivre dans la négation.

« Pong !...» Un autre texto. Luc se réveille et regarde l'heure, il est une heure du matin.

« C'est sûrement Sophie ! »

Le téléphone se met à sonner. C'est Antoine sur l'afficheur et ce n'est pas normal pense Luc.

— Antoine! Qu'est-ce qui t'arrive ?

Antoine n'arrive pas à dormir à cause d'une angoisse. Les deux amis discutent une bonne heure au téléphone. Luc raccroche et se souvient du texto reçu avant l'appel d'Antoine et y jette un coup d'œil.

« J'attendais que tu te tasses pour agir, elle est morte Sophie, elle baigne dans son sang, la crisse de vache. »

— C'est quoi c'te connerie-là ? dit Luc, en composant aussitôt le numéro de Sophie. Là, ostie, elle vient de dépasser les limites !

Aucune réponse.

Il rappelle quatre fois, mais toujours sans réponse. Luc est angoissé et marche de long en large dans son studio.

« Et si c'était vrai ! Elle m'a déjà parlé d'un fou rencontré sur le Net qui l'avait traumatisée. C'est peut-être lui! » pense-t-il, les dessous de bras complètement mouillés. »

Il souhaite que ce soit une blague. Il rappelle à nouveau, mais, pas de réponse.

« Pong !...» un autre texto vibre. « Arrête d'appeler, à peut pu répondre, je suis en train de lui lécher les seins, elle est morte la chienne. »

Son cœur pompe à toute vitesse et veut exploser, Luc a les mains tremblantes, une puissante charge d'adrénaline envahit son corps. Il tombe à genoux, le front sur le plancher et perd la notion du temps. Son cerveau tombe dans une brume paralysante. Il fait connaissance avec la frayeur.

« C'est quoi ça ? j'suis dans un rêve ou quoi ? Qu'est ce que j'fais ? Elle habite à une heure d'icitte Sophie. »

— 911, bonsoir !

— Allo, j'viens de recevoir des textos de chez mon ex. Elle serait morte, le tueur les a écrits. Vite ! Faut aller chez elle, envoyer la police.

— Quel est votre nom monsieur ?

— Luc, Luc Vallan. Vite vite la police ! Il l'a tuée et il est encore là.

— Elle habite où, quel est son nom ?

— Sophie, à Prévost.

— Et vous, Monsieur Vallan, vous êtes où ?

— J'suis à Montréal, ça fait déjà une heure que j'ai reçu le premier texto et j'viens tout juste de le lire. Pis là, j'viens d'en recevoir un autre.

— Quelle rue ? Elle habite quelle rue ?

— J'me souviens pas, répond Luc, complètement amnésique. C'est la rue au bord de la route principale à Prévost.

— Un instant monsieur Vallan, restez en ligne avec moi, je vous transfère à la police du nord.

— Monsieur Vallan ? s'exclame une nouvelle réceptionniste.

— Oui, c'est moi.

— Je vous laisse avec lui, dit l'autre femme à Montréal.

Luc recommence à expliquer son histoire d'horreur, mais cette fois, encore plus amnésique.

— Quelle rue ? demande la nouvelle standardiste.

— J'sais pas, au bord de la route principale, les condos roses, elle est au bout d'la rangée des condos roses, la petite maison de campagne à gauche.

Plus personne ne parle...

Luc entend la voix de la femme qui, à voix basse, parle à une autre personne.

— Les condos de ville roses ! C'est pas ceux de la rue Surprenant ?

— Oui c'est ça ! J'connais cet endroit.

— Monsieur Vallan, une patrouille est déjà en route, donnez-moi son adresse.

— J'sais pas, lui dit Luc, tout nu et en petite boule sur le plancher de la salle de bain.

— C'est votre ex ? Et vous ne vous souvenez pas de son adresse, combien de temps avez-vous été ensemble ?

— Six mois, et elle a déménagé à Prévost il y a quatre mois, je m'y rendais à l'œil. Je m'en souviens plus.

— Qui a mis un terme à cette relation Monsieur Vallant, dans quelles conditions ?

La standardiste le crible de questions sans relâche.

« Pong !...»

— Gardez la ligne, dit Luc. J'viens de recevoir un autre texto.

Luc, les mains mouillées et tremblantes, cherche les boutons du téléphone.

« Arrête de cogner, arrête de sonner, y é trop tard, elle est morte », dit le texto.

— Il est encore là, dit Luc effrayé à la standardiste. Le texto dit d'arrêter de sonner, il doit penser que c'est moi qui est à la porte, c'est votre patrouille qui est arrivée ou quoi ?

Plus personne ne parle. Luc entend des voix imperceptibles et assourdies par le bruit de friture de la radio fréquence de la standardiste.

Après un silence sans fin, la femme au bout du fil dit à Luc:

— Monsieur Vallan, on doit raccrocher maintenant, un enquêteur vous contactera plus tard, on vous tient au courant.

Luc reste cloué au sol, seul et sans réponse. Il erre, traumatisé, dans le vide. Il est maintenant trois heures du matin, il s'allonge dans son lit avec le téléphone sur l'oreiller et il finit par s'endormir d'épuisement.

— Allo ! répond Luc. Son téléphone affiche 6:23 am.

— Monsieur Vallant, ici l'inspecteur Beauchemin, j'ai passé la nuit à assembler toute cette histoire.

— Elle est morte Sophie ? Où est-elle ?

— En sécurité Monsieur Vallan, nous l'avons transportée à l'hôpital, et son...

— Elle n'est pas morte ? s'exclame Luc. Qu'est-ce qui est arrivé ?

— Rien Monsieur Vallan, rien de grave pour sa vie. Elle vous a arnaqué la pauvre, en pensant sûrement que vous iriez la sauver. Elle est troublée cette femme, on l'a amenée à l'urgence, en observation psychiatrique. Ne vous en faites pas, elle est en sécurité.

— En psychiatrie ! s'exclame Luc.

— Au début Monsieur Vallan, on croyait que c'était vous le problème, on était à deux doigts d'aller vous chercher. Mais j'ai passé une partie de la nuit à réécouter les bandes de votre conversation avec la standardiste et j'ai vite compris que vous étiez *clean*, à partir du moment où les agents frappaient à la porte de madame et que vous nous lisiez le texto qui disait d'arrêter de sonner.

J'vous laisse mes coordonnées, Monsieur Vallan, vous avez le droit de porter plainte, ce n'est pas banal ce qu'elle a fait, et j'admets que votre voix sur les bandes d'enregistrement étaient assez troublantes.

L'enquêteur informa Luc des procédures dans ce genre de situation. Il prit même le temps de lui parler de son expérience avec une femme qu'il avait fréquentée, qui avait fini par détruire son terrain avec sa voiture.

Luc soulagé et sécurisé pour la vie de Sophie, raccroche. Jamais, il n'a vécu ce genre de situation tordue.

« Elle est folle en crisse. J'le savais qu'il me manquait de l'info sur elle, c'était pas normal que notre couple ait planté si vite. »

Enfin !

Immergé et sans même sentir l'eau du bain devenu glaciale, Luc est inondé de regret. Il est triste pour elle et se sent extrêmement coupable. Il voit défiler ses souvenirs avec Sophie. Tout commence à prendre un sens, son voile de négation tombe. Il revoit, après quatre mois, le déménagement impulsif et incompréhensible de Sophie pour la ville de Prévost, qui à son avis, est sûrement le moment où elle venait de commencer à jouer dans la folie.

« Pourquoi je n'ai rien vu ? Qu'est-ce que j'aurais pu faire pour l'aider ? Je l'aime cette femme. C'est peut-être de ma faute, j'aurais dû la comprendre, crisse que j'suis pas bon. »

La journée passe dans le vide. Il est isolé et n'en peut plus de ce lourd silence. Il appelle Alexandra.

— Appelle Simone maintenant, lui dit-elle, tu devrais pouvoir entrer demain soir. Ça se passe une fois par mois et j'pense que c'est demain.

Après une longue conversation, Luc raccroche plein d'espoir. Il contacte Simone et, comme par magie, il reste une place pour lui.

Seize heures le lendemain, nous sommes vendredi. Luc roule sa valise dans le long couloir de cette énorme maison de campagne.

Il pousse deux grandes portes et entre dans une salle majestueusement vitrée et meublée de longues tables disposées comme dans une salle de cours.

À l'extérieur, un superbe paysage ensoleillé décore les grandes fenêtres.

— Luc Vallan ! Enfin ! Lui dit une des deux thérapeutes assises à la table d'accueil. Comment vas-tu ?

Luc affiche un petit sourire.

— Wouan ! s'exclame l'autre femme en souriant. Il était temps que tu arrives icitte toé, ça va t'faire du bien cette petite semaine avec nous. Tu dois avoir hâte que ça commence ? Tu es le premier arrivé.

— Sauvez-moi, sauvez-moi ! lance Luc en rigolant. Sauvez-moi, je suis affecté affectivement.

Et Luc, en jouant la comédie, se laisse tomber sur le sol, comme évanoui.

Les deux femmes sont pouffées de rire, et lui relancent :

— Reste avec nous Luc, tu es à ta place mon grand, ça va être facile pour nous de te traiter. On t'connaît déjà, on a traité toutes tes ex, ça va leur faire du bien que tu sois icitte. Dépose tes affaires dans ta chambre et reviens ici à 18 heures.

— Allez-vous me battre, m'attacher ou quoi que ce soit ? rajoute Luc, cachant de son sourire, son soulagement et son espoir de retrouver la paix dans ce lieu.

C'est sa deuxième thérapie du genre et Luc en connaît les bienfaits.

En soirée, Simone fait la tournée des chambres et cogne à la porte de Luc, qui lui, de l'autre côté, termine de vider sa valise.

— Oui, entrez, dit Luc, en déposant sa brosse à dents sur le petit lavabo de couleur crème des années 50.

— Allo Luc, tout se passe bien ?

— Oui Simone, c'est cool, j'relaxe, j'ai hâte de voir la suite.

Simone referme un peu la porte et s'approche de lui.

— On sait Luc, que ce n'est pas ta première thérapie, mais celle-ci est différente. Tu n'as peut-être pas grande chose à apprendre de plus, mais ça va t'faire du bien, fais juste confiance au processus.

Luc la regarde sortir et s'allonge sur le lit jumeau de cette minuscule chambre, meublée d'une commode en bois et d'une lampe sur pied.

Il regarde le plafond et est un peu furieux des paroles de Simone.

« Huit cents piastres qu'elle me coûte cette thérapie, j'peux pas croire que j'me ferai juste sabler les coins cette semaine. »

Luc est déçu, car il veut profondément comprendre et changer.

Sophie, la crise.

Honteux et le regard toujours rivé au plafond, Luc se revoit en train d'engueuler Sophie, le lendemain de la séance photo de lingerie Coquine.

— Tu veux vraiment savoir c'qui se passe à matin crisse ?

Sophie, surprise du ton de Luc, reste accotée sur le comptoir de la cuisine. C'est un choc, jamais elle n'a vu Luc furieux.

— Écoute-moi ben là, moé j'gueule jamais, pis quand j'suis rendu là, c'est qu'on m'a mis à boutte, pis que j'suis à veille de crisser mon camp. Tu m'feras plus jamais chier comme hier ! lui crie Luc, en s'avançant vers elle.

Sophie traverse d'un coup de vent la cuisine et s'écrase sur le sofa du salon.

Figée, elle baisse la tête et de grosses larmes tombent sur ses cuisses.
Sophie reste silencieuse et aucun son ne peut sortir de sa bouche.

Luc est debout devant elle et continue.

— C'est quoi ton ostie de problème, on allait ben nous deux ! T'es-tu programmée pour que je te *flush* ou quoi ? Réveille sacrament, j'te trompe pas, j'dépense pas d'argent dans ton dos, j'te dis tout, j'suis honnête, pis je regarde pas les autres femmes.

Tu m'as-tu déjà vu, regarder une autre femme ?

Ostie, quand une femme passe proche de nous, j'me tourne la tête de l'autre bord pour pas t'faire vivre de l'insécurité. Tu vois pas c'que j'fais, parce que j't'aime. J'te le dis tu suite, fais-moi pu jamais chier comme hier avec tes osties de plaintes.

Sophie, enragée, regarde Luc et s'apprête à lui dire...

— Ta yeule, lui dit Luc, C'ta mon tour de parler, t'en as assez dit toé hier.

C'est quoi en plus, tes plaintes du ménage, d'la vaisselle pis toutes tes autres osties de cossins ? Tu l'as-tu faite la liste de ce que je fais icitte moé, t'é aveugle ? C'est qui ? Qui l'a peinturé ta crisse de maison tout seul pendant trois semaines? Ben non, c'est rien ça. M'à t'en mettre un rouleau din mains moé, tu m'en reparleras de ton ostie de découpage de couleurs à pu finir.

Pis quand madame a toutes ses meubles Ikea à monter, pis qu'a comprend rien, c'est moé, le cave qui les monte. Ça vaut rien, pour toé ça ?

Pis les vidanges ! Les crisses de vidanges. Tu laisses tous tes petits crisses de sacs dehors pis les osties d'chats les déchirent. C'est moé qui ramasse toute c't'ostie de marde-là.

— Moé j'ta boutte.

Dis-moi d'où tu viens

Luc, les yeux encore fixés au plafond de sa petite chambre, regrette d'avoir perdu ainsi la raison. Des images lui reviennent en tête, il revoit son père, dans ses crises de colère.

« Ostie ! chu comme lui. »

Luc revois les scènes où son père, enragé, lance dans les marches de l'escalier du sous-sol tout ce qui traîne dans la maison.

— Ramassez-vous câlisse, la prochaine fois j'crisse toutes vos osties de traîneries din vidanges, sacrament.

Il se souvient aussi de l'étroit et profond placard bourré de sacs de vêtements, lui servant de refuge quand son père gueulait. Il revoit sa grande sœur ouvrir la porte de cet endroit sombre et à demi insonorisé, le sortir de là, caché tout au fond.

— Ostie se dit-il, pu jamais j'veux faire ça, m'a la faire ma crisse de thérapie, y crèront pas ça les thérapeutes.

Luc est le seul parmi les personnes du groupe à avoir déjà fait une thérapie. Il est en terrain connu et en sécurité, il a l'avantage sur le reste du groupe de savoir que tout va bien aller et que la clé du processus est de faire confiance aux thérapeutes.

La semaine passe comme un coup de vent. Le vendredi ils sont tous assis en rond. Luc est le dernier à parler. Il se lève, tout le monde le regarde et l'écoute respectueusement en silence. Il est là debout, à tenir sa lettre tremblante.

Les mots ne peuvent sortir. Il reste figé et hésitant.

Comme une illusion, le petit Luc de l'église apparaît au centre du cercle tenant dans sa main, son sac de coton. Il s'assoit sur le sol et étale délicatement son contenu devant lui.

— Bonjour les affectés, lance doucement le petit. Voici des parcelles de ma future vie, étalé devant vous que j'aimerais vous raconter.

Toi aussi Luc, écoute.

— Il parait que de savoir d'où on vient, nous permet de comprendre ou on est, afin de savoir ou aller et changer !

— Regardez ces menottes froides de policier. Dans 9 ans, alors que je déambulerai tranquillement dans la rue au retour de l'école. À toute vitesse, une autopatrouille fantôme arrivera et s'arrêtera brusquement devant moi. Deux hommes qui ne sourient pas en sortiront et m'ordonneront de mettre mes mains sur le coffre arrière.

— Bouge plus, un des hommes me criera, met pas tes mains dans tes poches, non arrête ! mes les pas dans tes poches, awaye icitte !

— Ils me plaqueront sur le coffre arrière et me fouilleront. Une puissante peur s'emparera de moi. En une fraction de seconde je ferai le tour de ma vie, mais rien de mal ne me viendra à l'esprit.

Assis à l'arrière de leur véhicule, ils me promèneront dans les rues de mon quartier et me bombarderont de questions.

— Que me voulez-vous, je leur dirai ?

— Toé ferme-la, c'est nous qui posons les questions. Est où ta drogue, ça fait un bout de temps qu'on vous suit et là, on va s'occuper de vous autres.

— De quoi vous parlez ? De qui vous parlez, j'me drogue pas, j'ai rien fait moé.

— Très poliment, je leur expliquerai que je suis tranquille et que la drogue, je n'y touche pas.

Ils continueront leurs harcèlements et m'insulteront. Au fond de mon coeur, la rage bondira. Ces deux hommes m'accuseront de toutes sortes de fausseté. Ils iront bafouer une de mes plus grandes valeur, la vérité.

Après dix minutes à me promener comme un voyou dans les rues de mon quartier, j'atteindrai ma limite à me défendre et à m'expliquer. Je me transformerai en rebelle de l'injustice et je me mettrai à crier.

— Mes ostie de sacrements, allez vous comprendre câlisse que j'ai rien à faire avec vos osties d'accusations. Crissé moé la paix.

— Tu habites où on s'en va chez vous, tes parents sont là ? Awaye, ou c'é q'tu restes.

Les deux hommes me sortiront du véhicule et m'accuseront devant ma mère paniquée et lui diront de me surveiller. J'aurai beau me défendre, mais je passerai un mauvais quart d'heure.

Personne ne me croira et je resterai seul avec cette blessure qui à mon insu, influencera ma future vie. J'abandonnerai des amis et des femmes aussitôt qu'il me démontreront un signe de méfiance. J'apprendrai et réaliserai beaucoup plus tard que les gens ont le droit de douter de moi. Que c'est humain, que chacun a ses blessures ou ses périodes d'apprivoisement.

Le deuxième objet, c'est ce livre avec des madames toutes nues.

Ce genre d'album photo fera partie de mon quotidien tout au long de mon adolescence. Mes amis et des gens proches de moi me les montreront et m'en parleront d'une façon qui me fera de la peine. Non pas que je serai insensible à toutes ces attirantes et ébranlantes beautés, mais plutôt qui sera à l'encontre du mode de vie que mes deux idoles et modèles masculins m'auront enseigné durant des décennies.

Elvis Presley et James Bond.

Ils m'apprendront le respect, la galanterie la séduction et la tendresse. Il me démontreront que les madames sont de précieux bijoux dont je devrai prendre soin.

La vue de toutes ces madames nues dans les dépanneurs, les garages et autres endroits désignés, finiront par me dégoûter.

J'aurai alors honte à certains moments de ma vie d'être un homme, surtout lors de conversations de filles enragées.

Je finirai par prendre conscience que leurs blessures seront plus grandes que les miennes à force de voir leurs amies, leurs cousines ou leurs soeurs, dans toutes sortes de positions osées.

Dans trente ans environ, je serai enfin libre de mes fausses conceptions héritées. Je serai fier d'être un homme respectueux et marcherai dignement droit devant. Ensuite dans un parc, une de mes amies apparaitra avec le haut de son corps transformé. Mes yeux fixeront son nouveau chandail aux formes gonflées. Elle me dira furieusement qu'elle est répugnée des hommes qui la regarde comme un morceau de viande.

Je lui demanderai, alors pourquoi cette nouvelle façade pour yeux aimantés ?

Je lui raconterai l'expérience qui aura changé mes croyances. Qu'un jour dans un reportage sur Dame nature et son mode de survie, j'aurai tout compris. Que tout l'univers conspire à se reproduire afin de conserver la vie. Que la noix de coco vogue sur l'océan pour renaître sur d'autres rivages. Que les graines des fruits seront évacuées par les oiseaux a plusieurs jours de marche. Que les chardons agrippés à la fourrure des animaux traverseront les régions avant de renaître dans un pré.

Dame nature est une femme qui jongle avec les sens. Les animaux aux odeurs et couleurs, dansent pour attirer et procréer. Nous les humains, on fait partie de cette chorégraphie.

Les hommes ont ce seul et unique neurone qui protège l'espèce. Vous les madames, vous portez ce besoin ardent et brûlant de donner la vie.

Je te regarde avec tes cheveux longs au vent, ta petite robe Gucci et tes talons haut infini, tes jambes soyeuses et ton vernis miroitant. Tes lèvres pulpeuses et tes cils noircis gracieusement étalés. Tes bijoux éclatants et tes courbes sculptées par toutes ses heures à t'entraîner. De cette douce odeur rayonnante de ta peau lisse et luisante... Chanel n5 ? Je lui demanderai.

Tu es furieuse de quoi femme féminité ? Du regard de ces hommes voyeurs ou bien déçue de celui que tu n'as pas ?

Dis merci à la vie. Pardonne leur même si c'est vrai qu'ils n'ont subtilement pas de classe avec leur seul neurone. Il y a des milliers de madames tristes, blessées et enragées qui voudraient ton corps et qui cherche en vain un seul regard.

Qui es-tu pour juger les plans amusants de Dame nature et son oeuvre?

La vie.

Regardez ce billet de vingt dollars. Un jour, je réaliserai sa vraie puissance. Je prendrai conscience qu'il sera à mon avantage, qu'il soit à mon service plutôt qu'à sa merci. Mais d'abord, je devrai l'apprivoiser. Dès maintenant et jusqu'à l'âge de 35 ans, l'argent sera inaccessible. Je serai limité matériellement et mentalement à cause de ma perception de cet outil de croissance.

Par la suite, ce billet se multipliera à outrance dans ma vie et je le dépenserai sans conscience durant quelques années. Je finirai avec un dollar en poche et sa valeur prendra toute sa place. Mon éducation sera presque terminée et je pourrai y accéder à nouveau dans un nouvel état d'esprit. Mais avant, je me rebellerai contre ce billet et réaliserai l'impact mondial sur la santé mentale des sociétés, processus nécessaire, à mon avis, afin d'atteindre une certaine paix d'esprit, mais surtout, d'avoir de la compassion envers les autres, riches ou pauvres.

Car où l'homme sera, il y aura toujours de « l'hommerie ».

Voici maintenant cet élégant sac de papier griffé. Je tomberai en amour avec Chanel, non seulement pour sa notoriété, mais plutôt pour sa puissante élégance. J'espère un jour, avoir le privilège de faire des clichés pour la société de Madame Coco et ses créations « *complexement* » simples aux lignes « *féminités.* » Rêver, je vais continuer jusqu'à mon dernier souffle.

Au Noël de mes 26 ans, à table chez une dame de la haute qui nous aura invités de nos loins quartiers. Elle déposera devant chacun de nous des sacs bien emballés. Elle nous dira de les ouvrir tous en même temps à son signal, afin de découvrir les beaux cadeaux que nous aurons le droit de voler, une seule fois, aux autres gens présents.

Heureux nous serons, à contempler devant nous, les sacs déballés et marqués de Chanel, Louis Vuitton, Prada, Ogilvy, et cie.

Jamais je ne verrai des gens s'arracher des cadeaux aussi rapidement. Une fois le tour complété, la dame de la haute nous fera signe de les ouvrir. La joie et le bonheur feront place à une déception cachée sous cet inconfort flottant. Tous devant nous, auront un fruit ou un légume qui tout au fond y était enfoui. Elle rira aux éclats avec son mari inquiet, de sa plus belle blague de l'année. J'avoue que je serai ivre et que je m'en foutrai.

Plus loin dans ma vie, quand je reverrai le logo de madame Chanel, je me souviendrai et réaliserai toute l'ampleur du geste de cette dame damée, de la haute société.

Huit ans s'écouleront et durant une autre soirée de Noël, une petite fille aux yeux infinis me tendra un sac de papier et me dira gentiment de l'ouvrir à son signal. Je serai un peu embêté, car le sac ne contiendra rien. Je lui dirai d'un petit sourire, merci pour ta blague, c'est vraiment drôle.

— Mais non Luc, me dira-t-elle, tu ne comprends pas.

Ce sac, je l'ai rempli d'amour pour toi. Je t'aime Luc, joyeux Noël.

Le dernier objet pour aujourd'hui, c'est cet appareil photo. Je déciderai de le garder consciemment dans mon sac de coton afin de me souvenir d'où je viens et de cet appel du fond de mon coeur.

À l'âge de vingt et un ans, je travaillerai dans une usine de pièces mécaniques depuis quatre années. Dans cet immense entrepôt triste et sombre, je passerai mes journées à pousser un monstrueux chariot de métal aux roues sautillantes et à répéter sans cesse le même parcours. Ce sera comme faire l'épicerie tous les jours, du matin au soir, semaine après semaine, année après année.

Une profonde tristesse m'habitera chaque matin, après avoir réussi à sortir de mon lit et à rejoindre cette prison d'acier. Un autre mauvais matin, lorsque je tournerai le coin d'une rangée. J'apercevrai cet homme accroupi qui, entre les mains, aura cette caméra à faire des clichés. Ce photographe bien habillé recevra une tape dans le dos du vice-président de la compagnie qui ne me sourira pas.

Du fond de mon ventre, une puissante charge émotive montera. Je serai frustré et du même coup, saisi d'une attaque de joie.

« Moi j'veux faire ça. Le sacrament il me fait chier, il a l'air heureux pis y'a toute l'attention du trou de cul de VP ».

C'est à ce moment que je recevrai cet appel, droit au coeur et tout au fond de mon être.

Dix années passeront et alors que je serai devenu photographe depuis trois ans, tout mon équipement sera étalé dans une rangée d'une immense usine de transformation. Je fermerai les yeux quelques instants et je remercierai la vie. Je me ferai un devoir d'être souriant et charmant avec les employés.

Le petit Luc se lève, prend la main de Luc et l'emprisonne de tout son amour, lui donnant le courage de sortir les premiers mots de sa bouche.

Même avec son expérience en thérapie, Luc est celui qui descend le plus creux, directement au fond. Les thérapeutes sont souriantes et compatissantes à le regarder se libérer ainsi. Elles ont réussi à fracasser son ego et à toucher tendrement son cœur.

Le dernier jour. Luc se sent libre et léger, l'espoir l'habite enfin, c'est la première fois qu'il sent des résultats aussi apparents.

— J'me sens, dit-il au groupe, comme si on m'avait arraché quelque chose tout au fond de mon ventre, comme si on m'avait collé une grosse bande de ruban adhésif et qu'on aurait arraché le mal qui s'y trouvait. J'me sens libre, mais surtout libéré.

Luc est arrivé là-bas, avec un masque de gars responsable et de rationnel, mais il a découvert en chemin qu'il est en fait un rêveur, un émotif et un *lover*. Qu'il a le droit de l'être, un *lover*, et que l'amour est en numéro un dans sa vie. Que l'amour est le moteur de sa vie.

Dans cette thérapie, il découvre aussi sa fusion avec les femmes, qu'il s'isole avec elles. Qu'il fusionne tellement, qu'il absorbe, ressent et vit à travers leurs émotions. Il doit maintenant apprendre à gérer ses inconforts, et que son senti est un don et qu'il doit le respecter.

Luc eut le souvenir qu'une nuit, il y a 15 ans, il s'était réveillé brusquement, car il rêvait que sa blonde mourait. Il s'était ensuite retourné dans le lit à la secouer pour la réveiller. Elle ouvrit les yeux en pleurant et le remercia de l'avoir sauvée, car dans son rêve elle était en train de se faire tuer.

Luc a aussi appris que sa carrière est sa maîtresse, que tout passait après elle, même de se nourrir. Comme un enfant qui joue dehors perdant complètement la notion du temps et qui ne veut pas que tout s'arrête.

Sophie lui revint souvent à l'esprit durant son séjour.

« J'comprends maintenant pourquoi Sophie et moi ne sommes jamais arrivés à faire la paix. J'étais peut-être en croisement avec ses émotions. »

Mais Luc, même après avoir fait cette thérapie, sent intuitivement que toute la vérité n'a pas vu le jour avec elle. Jamais de sa vie, il n'a autant aimé une femme.

En résumé, la thérapie de Luc lui a permis d'enlever les rebuts qui bloquaient « la source », le chemin de ses intuitions tout au fond de son ventre.

Cette source par laquelle les mots ne s'expriment pas, mais plutôt la spontanéité qui expulse une intuition du bas du ventre vers le haut et qu'à mi-chemin, au cœur, s'exprime par des mots.

Le blocage de la source

Luc, très jeune, et à son insu, avait commencé à ensevelir couche par couche la source en lui, où toutes les possibilités intuitives lui étaient offertes.

À l'âge de deux ans, alors que Luc se trouvait seul dans sa chambre, il avait mis sa main dans sa couche et dans un moment d'inspiration, il avait peint sur son mur sa première œuvre. Quelque chose de puissant l'inspirait du fond de son ventre, une sorte d'euphorie créative, un appel. La joie l'inondait complètement, quelque chose d'extraordinaire venait de se passer en lui pour la première fois.

Un contact avec son âme qui, par définition au dictionnaire, est étroitement reliée à la Joie.

— C'est quoi ça, crisse ? lui lance sa mère enragée, bouleversée ou désemparée de voir sur le mur cette œuvre merdique.

Un des premiers rebuts venait de prendre place dans sa source. La honte et le regret se sont emparés de Luc sur-le-champ. Il venait de décevoir sa mère et de faire connaissance avec la « culpabilité-surprise ».

Mais, qu'est-ce que la « culpabilité-surprise » pour Luc ?

C'est de se faire « ramasser » par quelqu'un alors que la joie est présente.

Bienvenue à l'école

À l'âge de 12 ans, à la rentrée scolaire. Luc s'assied dans sa nouvelle classe, entouré de ses nouveaux amis avec qui il a fait connaissance dans cette nouvelle cour d'école. Il est heureux et déborde de joie, assis sur sa petite chaise en bois. Sa tête va dans tous les sens et cherche du regard tous ses nouveaux amis. Il rit innocemment.

Le professeur qui ne sourit pas s'avance vers lui, empoigne son petit pupitre et le lui pousse violemment dans le plexus. Luc ne comprend rien, il ne peut plus respirer, le choc est brutal, ses yeux sont remplis d'eau. Il est terrifié par toute cette violence.

Le professeur qui ne sourit pas le regarde droit dans les yeux, il est enragé. Luc a l'impression que cet homme lui en veut à mort, car il projette sur lui, une haine profonde.

— Écoute-moé ben mon petit crisse, j'les connais les Vallan. J'ai eu ta sœur dans ma classe, mais surtout ton frère, pis toé sacrament ! J'va t'casser tu suite. As-tu ben compris ? Hey ! J'te parle, as-tu ben compris ?

La classe reste silencieuse, Luc sent tous les regards rivés sur lui, il a honte et retient ses larmes. La « culpabilité-surprise » vient de se manifester encore une fois. Il ressent et goûte véritablement pour la première fois à l'humiliation. De cette attaque familiale en public à payer chèrement pour son frère. Il fait aussi connaissance avec l'injustice profonde et sent monter en lui de nouvelles émotions. La haine et la vengeance.

« Le sacrament, pense Luc, il me connaît même pas.
Moé, chez nous, c'est moi l'plus fin, j'dérange pas et on m'a jamais violenté comme ça, crisse de malade. »

Mais le doute s'installe en lui.

« Il doit avoir raison même si j'comprends pas ce qui arrive, c'est un adulte. Il doit avoir vu que j'suis pas bon. »

La joie du début s'est éteinte et n'est jamais revenue dans cette classe.

Bienvenue à la maison

À 14 ans, le père de Luc habite avec sa nouvelle femme et les deux ados de celle-ci. Il vient passer les fins de semaine dans cette nouvelle maison.

Il descend au sous-sol et décore sa chambre, improvisée dans cette grande salle de jeu et de lavage. Luc a besoin d'un ancrage, de sécurité et d'un minimum de sentiment d'appartenance. Il passe les journées à décorer son petit coin en créant des œuvres accrochées ici et là.

« J'ai ma place à moi », se dit-il.

La semaine suivante, le rejet s'empare de lui, les murs sont vides, ses œuvres ont disparu. Les ados avaient tout arraché.

À partir de ce jour, Luc n'aura jamais plus le sentiment d'être chez lui dans cet endroit. Il dépose à l'avenir, son sac à dos rempli de vêtements sur le côté du lit et c'est tout.

« Je dois être une mauvaise personne », se dit-il. Ils doivent avoir raison.

La « culpabilité-surprise » venait de le frapper à nouveau.

Bienvenue dans notre famille

La « culpabilité-surprise » s'approche encore une fois de Luc. Il est assis dans le salon, chez son amoureuse. Il a 16 ans et les parents de Nadia l'adorent. Ça fait environ un an qu'ils sont ensemble, la famille l'a comme adopté et l'emmène partout dans leurs sorties.

Luc passe l'été au chalet avec eux. Il a sa place à la table de cuisine, il est heureux et goûte à nouveau au plaisir familial. Il se sent bercé par l'amour. Luc est à nouveau ancré.

— Toé mon petit crisse, lui lance le père de Nadia, t'as besoin d'rester dans le salon avec ma fille quand on va aller au centre d'achat !

Luc est surpris et ne comprend rien. C'est comme si on le jetait dans le vide. En une fraction de seconde, il cherche dans sa tête parmi toutes ses culpabilités et ses hontes, de laquelle cet homme qui ne sourit plus veut parler. Mais Luc ne trouve rien.

La mère de Nadia prend la parole.

— Mon mari vous a vus dans le lit de Nadia hier soir. Il est entré en cachette par la porte du salon et vous a vus vous masturber. T'as besoin de plus recommencer ça. Tu as juste à te crosser, lui dit la mère de Nadia, en faisant le geste avec sa main devant Luc.

Luc a terriblement honte, il voudrait que ce soit un rêve, mais surtout, il a peur de perdre Nadia et sa nouvelle famille. La « culpabilité-surprise » vient encore une fois de frapper en plein dans sa joie, dans sa source.

Dernier jour de thérapie.

Luc est dans le stationnement du centre. Il referme le coffre arrière et reste là, à contempler les lieux.
L'espoir l'habite.

« J'espère que c'est la dernière ostie de thérapie. »

Le lendemain, il ouvre les yeux et le soleil éclaire son studio.

« On dirait que mon studio s'est transformé durant ma semaine. C'est don ben cool ici. Je m'en souvenais pas, tellement que j'étais tourmenté. »

Café, toast et Facebook, Luc s'assoie proche de sa grande fenêtre ensoleillée.

« Vivre dans la marge », écrit-il sur son mur.

Il ne tient plus en place et sent qu'il doit faire du ménage dans son studio, afin de l'équilibrer avec son nouvel état intérieur, résultat de sa source débloquée. Tout y passe, sa garde-robe se vide de tout ce qu'il ne porte plus depuis des mois, des années. Les armoires de cuisine, la salle de bain, bref, Luc fait du délestage.

— Je fais de la place pour du neuf, lance-t-il.

Dans le fond d'un placard, il trouve une boîte débordante de vieilles photos. Il s'assoit sur le sol et en saisit une poignée.

« Ho boy ! Je me souvenais pas de ça », se dit-il, en regardant une photo de lui, prise dans sa ruelle à l'âge de 9 ans. Comment ça, j'ai gardé cette photo de moi ? Je n'ai aucun souvenir de cette journée. J'me souviens juste de ma mère, qui quelques années plus tard, en crisse après moi, m'engeulait. »

— Arrête de faire ton petit frais chié comme sur ta photo assis dans la ruelle, petit crisse de fendant, tu m'parleras plus jamais comme ça.

Luc déteste profondément cette photo, la honte l'habite.

« Crisse, voir si un enfant va apporter une chaise de jardin en plein milieu d'une ruelle pour s'y asseoir la jambe croisée comme une femme, le coude accoté et le bras replié tenant son thorax de sa main. Pis l'autre main elle, qui pend le poignet cassé. J'ai l'air d'une femme qui pose pour un magazine.

J'viens de comprendre ! on m'a sûrement donné des directions pour me placer d'même. C'est qui, qui tenait la caméra ? Y devait rire en crisse en me plaçant comme ça. »

Luc renverse la boîte de photos sur le sol et commence à faire le tri. Une multitude d'émotions se déclenchent en lui et des souvenirs remontent et il prend conscience de cette expression, « des souvenirs qui remontent. »

— Mais ils viennent d'où les souvenirs ?

Il se souvient alors d'une conférence où un homme expliquait que les informations ne seraient pas stockées dans le cerveau, mais plutôt dans l'âme, la source.

Luc en déduit que c'est peut-être dans le bas du ventre que ça se passe. Que c'est l'endroit où les réponses arrivent. De l'intérieur.

Luc part dans la lune à réfléchir.

« Écoute ton intuition, man.
Attend, tu vas sentir la réponse monter.
Médite et tu auras ta réponse.
Dis-le moi, c'est là en toi.
J'ai le *feeling* que....

Troublant comme constat, se dit Luc, comment ça, que j'ai pas appris ça plus tôt ? »

— Comment tu te sens ? dit une femme à son amie qui se tient le ventre.

— Ho mon dieu ! crie une femme surprise en se tenant le ventre.

— Elle me stresse cette personne, dit une femme la main au ventre.

« Ma tête et mon cerveau m'ont mis dans le trouble toute ma vie, c'est à mon avantage d'habiter mon corps et de l'écouter. Si ma source est bloquée par toutes sortes d'émotions et de tourments, comment la spontanéité et mes intuitions vont-elles faire pour passer du bas vers le haut ?

Moi j'vais la garder propre ma source à partir d'aujourd'hui. Pis ça tombe ben, on vient d'la débloquer. J'comprenais ce que les thérapeutes disaient à propos de la source, mais là, j'le sens avec mon cœur. On m'a souvent dit que toutes les réponses sont en dedans de moi. J'le savais à chaque fois, quand j'étais pas dans une bonne relation, mais j'voulais pas le savoir. Crisse que j'me suis magané.

L'intuition ! se dit Luc, en direction de son ordinateur afin de consulter sa définition. »

Il lit plein de choses sur le sujet et ses yeux s'arrêtent sur les mathématiques.

« Crisse ! Même certaines formules ont été découvertes et se font par intuition. Même les maths ! Et les inventions, elles ? se demande-t-il. »

Luc colle d'autres morceaux de cette prise de conscience.

— J'avais l'intuition que tu serais à cette soirée.

— Ma petite voix m'a dit de ne pas passer par cette route aujourd'hui, une chance, as-tu lu le journal ?

— J'ai breaké, je ne sais pas pourquoi, et un enfant est passé devant mon auto.

— Aye ! J'pensais justement à toi et tu m'appelles.

Luc est troublé par le nombre d'expressions utilisées par l'intuition.

« J'ai toujours voulu savoir d'avance quoi faire dans ma vie, la source me donne toutes ces réponses. »

Les actes intuitifs: *la soumission*

Luc est sorti de thérapie depuis un mois. Il relaxe aussi dans un parc.

Il regarde son cellulaire qui vibre. « Boubba Inc. » apparaît sur l'afficheur.

— Oui bonjour !

— Allo Luc, c'est Vanessa, comment vas-tu ?

— Bien merci, et toi ? Tout se passe bien au travail ?

— Oui, justement, j'aimerais revoir la soumission pour le *shooting* photo dans trois semaines. Je sais que c'est un gros projet, mais tu peux me donner un prix.

Luc a soudainement un nouveau prix qui lui monte intuitivement.
Il ne comprend pas cette inspiration, car il a l'habitude de faire des grilles de tarification précises.

« J'peux pas lui donner ce chiffre ! »

Luc connaît ce dossier, il a des centaines de *shooting* photo de ce genre à son actif. Mais il n'y a rien à faire, son intuition est puissante et elle vient du fond de son ventre.

Il se revoit en thérapie, assis dans la salle de cours devant Simone, qui lui lance des vérités :

— Ben oui toi! Luc Vallan, notre *workaholic* et codépendant, qui répond à tous les besoins impossibles de ses clients.

Tu l'as-tu pogné, là ? Y é temps que tu te tiennes debout et que tu fasses confiance à tes intuitions. Pis, tu te dois de te sécuriser émotivement avec tes clients. Si un client te niaise, *flush-le*. Arrête de te mettre dans l'inscurité à chaque contrat. Combien déjà qu'il te devait ton client qui t'a niaisé 6 mois?

— Combien Luc ? Reprend Simone.

— Six mille piastres, crisse.

— Ben oui Luc! Pis en plus, tu es tellement fin que t'avais payé toute ton équipe à l'avance, je suppose.

— Wouan !

— Bon, t'a pognes-tu là, Luc ? La sécurité émotive, c'est pas juste dans une relation de couple « le grand », c'est partout, même avec tes clients et tes amis. À l'avenir, écoute tes intuitions, au risque de perdre. Assume-toi. De toute façon, même avec tous tes calculs, t'es toujours dans' marde, non ?

Luc reprend ses esprits au téléphone avec Vanessa.

— Trois mille de plus que prévu Vanessa, lance-t-il à la directrice de Boubba.

Luc reste au bout du fil sans parler et attend la réaction de Vanessa, qui elle non plus, ne parle plus. Il se sent vraiment mal.

« Crisse, j'suis 3 000 $ de plus que prévu. Ça passera jamais. Faut que j'écoute mon intuition, fait confiance Luc... au risque de perdre. »

— Ok Luc, reprend Vanessa, mon budget était de 9 000$, mais je sais que ce *shoot* est un peu différent des autres. Ton 3 000$ d'extra devrait passer.

Luc a écouté son intuition... et une chance.

En réalité, son contrat a changé de direction. Luc s'est retrouvé à travailler en surplus, jour et nuit, pour livrer le concept. Il a travaillé 100 heures de plus avec son équipe créative.

Prise de Conscience, 42ème jour de sortie de thérapie.

Luc marche sur la rue principale, le ciel est sombre et il fait chaud.

Une fine pluie tombe. Le soleil est là, juste derrière les nuages. Il y a beaucoup de monde dans la rue.

« Ça bouge icitte! » se dit-il, un peu stressé de tout ce brouhaha des voitures et des commerces.

Luc se sent bousculé, il sort à peine de sa semaine de thérapie où le calme planait, sans aucune obligation ou responsabilité.

Il entre dans un café et s'assoit dans un confortable fauteuil de cuir en face de la fenêtre et relaxe un moment. Plusieurs personnes autour de lui lisent ou travaillent sur leur ordinateur. L'endroit est calme.

Tout au fond, une femme attire son attention. D'un petit sursaut au cœur, il croit voir Sophie. Mais non, cette femme a les cheveux trop longs.

« Sophie, j'me demande si elle va mieux, on s'est pas reparlé. J'ai peur d'elle. »

Luc voit deux femmes discuter à une table, l'une d'elles semble chercher des mots pour expliquer à son amie quelque chose. Elle a vraiment l'air de chercher les mots dans sa tête, mais elle est incapable de s'exprimer.

Luc se revoit subitement au deuxième jour, dans la grande salle de thérapie.

Aux aurores, la pluie frappe les grandes fenêtres et le temps est gris. Simone s'avance et leur demande, tour à tour comment ils vont ce matin, ou plutôt, comment ils se sentent.

— Et toi Luc, peux-tu nous dire en un mot, comment tu te sens ce matin ?

— Confiant, je suis confiant, répond Luc.

— Et toi Cédric ? lance Simone.

— J'ai mal dormi, j'ai pas arrêté de penser à tout ce que vous...

— Arrête Cédric, juste un mot. Essaye de nous le dire en juste un mot.

— Oui, mais, vous ne comprenez pas ce que je vous dis, j'étais dans ma chambre pis...

— Arrête ta toune de « oui, mais » Cédric, lâche ta tête. Juste un mot ! Tu as le droit à juste un mot. Prends ton temps, c'est pas grave. Il est là ! en toi ! Je le sens, respire, relaxe.

Cédric les regarde, il n'a pas le choix, tout le monde attend. Il est là, à savoir la réponse qui veut sortir de sa bouche. Il résiste, tout son corps résiste et comme par magie, il lance.

— Peur, j'ai peur ! lance Cédric, les yeux pleins d'eau.

Cet homme, cette grosse brute vient de craquer. Son cœur vient de parler des vraies affaires, en seulement un mot. La peur.

— Merci Cédric, lui réplique Simone, émue et compatissante.

Luc le comprend cette armoire à glace, car c'est sa deuxième thérapie. Il est déjà passé par là, et a de la compassion pour lui.

« Sa thérapie vient enfin de commencer se dit Luc, touché par cet événement, sa résistance vient d'lâcher. Cet endroit est magique. »

La pause café arrive et Luc est encore dans cette bouffée de joie. Il se retourne et voit Cindy qui a les yeux rivés sur lui et qui a l'air de le regarder depuis un bon moment. Luc lui sourit et dégaine ses yeux de séducteur. Tout va vite et il réalise trop tard, ce qu'il vient de faire.

Il a peur, il connaît cette femme même s'il ne l'a jamais vue. Il aurait envie de la brasser, et lui dire comment elle est « une naïve de l'amour », une proie facile pour lui. Il l'a entendue dire hier, qu'elle était encore seule depuis des années et qu'elle se fait toujours rejeter et abandonner par les hommes.

Un vieux mécanisme s'enclenche chez Luc. Il a une folle envie de la prendre dans ses bras et de l'embrasser. De se coller contre elle et lui flatter sa peau qui a l'air si douce.

Luc a consommé beaucoup de femmes dans sa vie. Son besoin de vibrer à leur côté les a égoïstement blessées. Il a eu cette fâcheuse tendance à être en amour avec l'amour. Plusieurs femmes qui ont passé dans son lit ont perçu une intense charge émotive amoureuse de sa part, mais parfois c'était faux. Luc comblait son besoin de séduire et d'être désiré.

Il regarde Cindy et aurait le goût de lui dire comment elle devrait se méfier des hommes comme lui. Luc a de la peine, il a honte de son passé.

— J'aimerais te parler tout à l'heure, lui dit Luc, confus entre cette vérité et son besoin de séduire. J'aimerais t'apprendre une vérité ajoute-t-il, j'aimerais t'aider.

Luc se sent mal.

« Mais que se passe-t-il avec moé à matin ? »

Au dîner, il entre dans la petite cafétéria de campagne. Elle est là et le fixe droit dans les yeux.

— Tu sais Luc! On pourrait se revoir en sortant d'ici, lance Cindy de ses yeux pétillants. J'aimerais vraiment te revoir.

Luc est envahi par la peur.

« Crisse que j'suis dangereux. Ostie que j'ai peur d'elle, qu'est-ce que je viens de faire là, j'suis en thérapie. »

Luc vient de prendre véritablement conscience de la puissance qui l'habite. De sa capacité à repérer les amoureuses fragiles, comme des petites bêtes qu'il a tant traquées.

Il prend aussi conscience, de son masque de négation du bon gars qui est doux, respectueux et qui même, annonce toujours ses couleurs aux femmes, comme de ne pas s'attacher, que c'est juste pour une nuit, dans le respect et l'harmonie. Il réalise que derrière cet homme, se cache un *lover* inconscient, un illusionniste de l'amour et un *junkie* de la tendresse. Ce *buzz* ultime, de séduire une femme et de le voir dans ses yeux.

« Crisse de malade, j'suis un ostie d'malade pense Luc, les yeux grands ouverts à regarder Cindy qui le fixe avec ses yeux d'amoureuse.

C'est n'importe quoi pour calmer mon petit mal de ventre. Crisse j'me drogue à la séduction, j'suis vraiment à boutte, moé. »

— Heu Cindy ? J'me suis trompé tout à l'heure, j'ai mal interprété quelque chose. Je n'ai rien à te dire en fin de compte, désolé.

Il se retourne et regarde la table au fond de la salle où les thérapeutes dînent. Il a honte et est effrayé de cette découverte, de cette prise de conscience.

« Et si cette femme passait à côté de sa thérapie à cause de moi ? J'ai peur de son regard. Pourquoi j'ai encore allumé mes yeux de séducteur ? Crisse de malade. »

Luc s'approche des thérapeutes et regarde Simone.

— Hoooo! Luc, ça va toi ? Tu as l'air d'avoir vu un fantôme. Assis-toi ici, que se passe-t-il ? Raconte.

Tout bas, Luc, troublé, raconte son histoire avec Cindy.

Simone devient sérieuse et le regarde droit dans les yeux.

— C'est pour ça entre autres que tu es ici Luc. Une thérapie, ça ne se passe pas juste dans une salle de cours. Elle agit partout et à tout moment. Le processus utilise cet endroit, le groupe et nous bien sûr, les thérapeutes. Ça va être correct Luc. Lâche Cindy. Elle est aussi dans le processus cette femme. Vous aviez sûrement quelque chose à pogner là-dedans. Mon pauvre Luc, on dirait qu'un train t'a passé dessus.

Tu l'as pogné là, hein ? Ça fait mal ! Mais tu verras plus tard, ça goûtera bon. J'suis heureuse pour toi. Fais confiance au processus.
Allez ! On se revoit après dîner, on va te mettre tout nu devant tout le groupe, pis tu nous parleras d'estime de soi, lui dit-elle en riant.

De retour au café

Encore assis en face de la grande fenêtre, Luc prend une autre gorgée de café et la surprise lui apparaît. De la peine mélangée à de la joie monte en lui. Il se sent libre et libéré et réalise que pour la première fois de sa vie, il n'est pas étourdi à regarder dans tous les sens quelle femme serait disponible. Au contraire, son esprit est vide de tous ces scénarios de rencontres, comme « Peut-être elle ? », « Celle-ci ? » ou « Si celle-là me regarde, ce sera elle ? »

Bref, Luc se sent bien, assis devant la fenêtre, il est libre de cette obsession qui s'acharne sur lui quand il est célibataire.

Il sort du café et se dirige en direction du métro qu'il n'a pas emprunté depuis des années. Il met son casque d'écoute, la pluie a cessé, le soleil commence à lui réchauffer le visage. Il marche sur la rue bondée de gens et savoure cette nouvelle liberté.

Tout autour de lui semble différent, Luc est présent.

Les portes s'ouvrent et il reconnaît cette odeur, l'odeur des wagons qui lui rappelle ses souvenirs d'adolescence. Les heures passées à flâner dans le métro avec sa gang, la fille au gros ventre, les premiers baisers gauches et excitants de ses amoureuses, son premier joint, l'alcool, les bagarres et les mauvais coups.

Mais surtout, debout comme maintenant, agrippé au poteau et au même endroit qu'il y a trente ans, où il retenait ses larmes à cause de la fille du Sud.

Luc l'avait attendue durant deux heures à une station de métro. Mais elle ne s'était jamais présentée. Il l'avait rencontrée par hasard dans le métro avec ses amis, cette fille inconnue, si belle et gentille, qui habitait au sud de la ville. Ils s'étaient donné rendez-vous le lendemain, au même endroit.

Ils n'avaient pas échangé leur numéro de téléphone, ce n'était pas nécessaire... ils se reverraient.

Le lendemain après-midi, après deux heures d'angoisse et de mal de ventre à attendre, Luc est démoli.

« Pourquoi est pas là ? J'aurais dû prendre son numéro. J'dois pas être son genre et elle n'était pas capable de m'le dire.

Elle est peut-être malade ? Mais non, ça s'peut pas. Elle aurait envoyé une amie.

Elle a changé d'idée, elle doit avoir compris que j'suis pas une bonne personne. »

Luc vit du rejet et de l'abandon. Il a rêvé de cette fille toute la nuit.
Il avait une puissante charge émotive de joie et d'impatience depuis hier, mais maintenant, la peine a pris le dessus. Il est seul avec cette détresse.

Il capitule et entre dans le wagon. Les portes se referment devant lui, et en une fraction de seconde, comme dans un cauchemar, Il comprend pourquoi cette fille si belle n'était jamais venue.

« Tout l'monde me regarde, se dit Luc, planté debout, les yeux pleins d'eau, le souffle coupé et retenant un puissant son, qui veut sortir de sa gorge.

C'est pas vrai, se dit-il, pas ça, pas moi.

Pourquoi? Crisse que j'suis épais, les gens me regardent, ils doivent savoir que j'suis bon à rien. »

Luc s'était tout simplement trompé de station de métro. Il était, dans son excitation de grande joie, descendu une station de métro plus tôt.

Mais pour Luc, le plus triste est cette fille qu'il a abandonnée, elle doit avoir de la peine. En plus d'être furieux contre lui, il se sent coupable. Il n'a jamais revu cette fille et se demande combien de temps elle l'avait attendu, séparés seulement d'une station de métro de l'amour !

Trente ans se sont écoulés depuis ce jour, peut-être se sont-ils croisés, peut-être l'a-t-elle servi au restaurant ou soigné à l'hôpital, ou même mieux, peut-être est-elle une de ses amies Facebook sans le savoir. Qui sait ?

Les actes intuitifs: *la réalité*

Dans une soirée chez des amis, Luc revoit une femme qui le fait vibrer depuis des années. Ils discutent dans un coin quelques minutes.

« *My God* ! se dit-il. C'est une crisse de folle elle ! Ostie... on m'a vraiment installé un radar en thérapie.

Pauvre fille, elle est vraiment troublée. Crisse, j'étais donc ben aveugle avant.... Sauve-toé Luc. Est même pas ton genre en plus ! »

72ème jour de sortie de thérapie.

Luc entre dans le bureau de Simone pour une consultation privée.

— Et puis Luc, comment ça se passe ta nouvelle vie, on t'a donné une bonne thérapie ?

— On dirait que tout a changé autour de moi Simone. Y a plein de gens qui se tassent. J'en tasse et y en a d'autres qui apparaissent. Crisse ! j'étais donc ben aveugle avant. Comment ça j'me suis fait abuser d'même ?

— Dire les vraies affaires Luc, c'est payant, mais aussi très confrontant. Faut apprendre à gérer les inconforts au risque de perdre. Ce n'est pas les gens qui abusent de toi, Luc, c'est toi qui avais un *frame* de victime et de codépendant. Tu n'étais pas capable de nommer tes besoins, de dire non ou bien de dire des vrais oui.

— Oui, je comprends Simone, mais ça fait des années que je viens t'voir en privé. Comment ça, j'étais pas au courant de tout ça avant ?

— J'le sais Luc, j'te comprends. Mais moi, je travaille avec ce que j'ai, quand tu entres dans mon bureau. Si tu entres et que c'est ta job qui te perturbe eh bien on travaille là-dessus. Si c'est l'affectif, ben je vais là-dedans. Ta thérapie a duré sept jours Luc, sans relâche, dans un environnement propice au changement et isolé de la société. C'est un peu comme prendre une semaine de vacances au lieu d'une journée de repos. Les résultats risquent d'être plus puissants. Est ce que tu comprends ce que j'essaie de t'expliquer ?

— Ben oui Simone, j'le vois, j'suis conscient de tout ce que tu m'as apporté depuis toutes ces années. Y en a eu des changements et je te remercie profondément. Mais ce changement-là... ouf.

— Ta thérapie a bien fonctionné, grâce aussi, à tous les efforts que tu as faits et parce que tu as pris le temps de venir me consulter chaque mois.

Ton niveau de conscience s'est élevé tranquillement, et ta thérapie a fusionné avec le reste.

On peut forcer à plusieurs sur le couvercle d'un pot en vitre, et puis « pouf ! » il finit par s'ouvrir sans forcer. Tous les petits efforts donnent le résultat au final. C'est pas vraiment important de savoir qui a forcé le plus, c'est le résultat qui est le plus important...toi.

— J'comprends Simone.

— Maintenant que ta source est débloquée, tu seras plus fort face aux situations.

Pour un problème, tu auras peut-être jusqu'à dix solutions intuitives maintenant, c'est ça le cadeau. Ce n'est pas une fin, une thérapie Luc, c'est un commencement, une continuité.

Ton chemin d'avant est aussi important et il te permet d'être, qui tu es ici et maintenant. Ne dénigre jamais ton passé Luc, c'est ton chemin à toi. La vertu, ça s'apprend en chemin.

Dis-moi Luc, de toutes les personnes par qui tu t'es laissé abuser, combien d'entre elles, sentais-tu en toi , que quelque chose clocherait?

— Toutes, Simone, toutes les personnes j'pense. Pis j'le savais à la première rencontre, mais j'voulais sûrement pas le voir.

Les actes intuitifs:
le remboursement

Luc va prendre une bouchée au resto avec Cassandra. Une amie de longue date. Il la rencontre à l'occasion, mais il n'est jamais certain de ses intentions.

— Comment vas-tu Luc ? T'as fait une thérapie y paraît, et puis ?

Luc la regarde et sent quelque chose monter en lui.

« Non, j'peux pas lui demander ça...mais oui...au risque de perdre, Luc. »

— Dis-moi Cassandra, ça fait trois ans environ que tu m'appelles et me rencontres à l'occasion dans des restos, pis c'est toujours nébuleux, toi et moi et tes intentions. J'ai essayé subtilement de l'savoir dans le passé, mais là, j'vais te le demander ben comme il faut.

Nous deux, là, on va-tu baiser ou on va juste rester des amis ? Des vrais amis. Tu me charmes à chaque fois et on dirait que tu m'garde en *stand-by.* Pis c'est toi qui me téléphones toujours à l'improviste.

Cassandra regarde Luc toute surprise, elle tousse un peu.

— Mais non Luc, on est juste de bons amis, c'est tout. Je m'excuse si je t'ai envoyé d'autres messages.

— Cool, merci Cassandra, enfin! C'est clair.

Au fait, ça fait trois ans que je te paye les restos, la facture est pour toi ce soir.

Luc n'a jamais reçu d'autre coups de téléphone à l'improviste de Cassandra.

Les actes intuitifs: je t'aime

Luc va dîner avec son père au resto.

Il tombe en contact avec un homme différent devant lui, depuis sa thérapie.

Luc regarde son père et l'écoute avec son cœur. Il lui pose des questions et leur échange est complètement différent du passé.

— Je t'aime Germain, lui dit Luc, en sortant du resto et en le serrant dans ses bras.

Valérie

— Luc ! T'es où Luc ? C'est moi, Antoine. Viens ce soir. Il paraît que tu as passé à travers ta thérapie, viens voir tes ex, elles sont folles de joie, elles vont enfin pouvoir être comprises, dit-il en riant. Hey, ce soir le thème, C'est du *hip-hop* ! *Yo man*. Salut.

Luc raccroche en souriant.

Deux heures plus tard, il arrive dans le stationnement d'Antoine avec son scooter de ville. Il regarde la porte de la cour, mais cette fois-ci, il descend la béquille de sa bécane et se stationne.

Un air de *hip-hop* résonne en sourdine. Nous sommes à la fin de l'été et la température est parfaite.

Luc entre discrètement dans la cour et se prend une bière dans le gros bac de glace. Il va s'asseoir à côté d'Alexandra, qui est assise seule, sur le banc, dans le jardin.

— Tu l'as vue la brunette ? lui dit Alexandra.

— Crisse que t'en manques pas une lui répond, Luc. Tu me *watch* ou quoi ? Ça va bien toi, Alexandra ? Ben oui je l'ai vue, la belle brunette dans le fond de la cour. C'est qui elle ?

— Pis ta thérapie mon beau Luc ? Assez intense hein ? On dirait que ton visage a changé. As-tu engraissé ? Ça te va bien. Vibres-tu à ton essence maintenant ? Tu l'as-tu pognée la grosse *joke* ?

— *My God* ! répond Luc. J'aurais dû y aller avant.

— Eh oui ! On dit toutes ça. Il te reste juste à mettre ça en pratique maintenant. On va enfin, pouvoir se comprendre. Tu vas pouvoir enfin toutes nous comprendre, icitte à soir.

C'est magique Luc de mettre des mots sur ce que l'on ressent, et d'écouter ses intuitions. Peu de mots Luc, tu t'en souviens ?
Je sens quelque chose monter Luc, mon intuition me parle. J'ai soif, vas donc me chercher une bière, lui dit-elle en riant.

— T'es drôle Alex ! Crisse que t'es belle.

— Va pas là Luc, va pas là, arrête.

— Les nerfs, j'te trouve juste belle, c'est tout. T'as l'air si bien Alex. J'suis content pour toi. Yé où, coudon, ton chum ?

— Hein ! hein ! hein ! tu me niaises-tu ou quoi ? Ça traîne pas les rues des mâles traités affectivement. Y a plus de femmes qui se font traiter que d'hommes. T'es chanceux Luc, tu es un privilégié.

Ben oui, tu l'sais ben Luc, je suis irrésistible et c'est pas les prospects qui manquent, mais pas icitte à soir en tout cas. J'attends le bon, pis au pire, j'va l'envoyer en thérapie dit-elle avec un sourire en coin.

— C'est qui la belle brunette Alex ? À vient d'où ? À dégage donc ben cette femme.

— Vicky, elle travaille avec Vicky. T'es-tu obligé de faire ça à soir ? Laisse-la tranquille, prend un break.

— Crisse ça fait un mois que j'ai pas baisé et dans mon cas, ça vaut bien six mois.

— Heuuu, une vie dans ton cas ! J'te taquine Luc, je suis vraiment heureuse pour toi, vraiment.

Alexandra le prend par la main et la lui serre fort.

—Je t'aime Luc. Tu es vraiment un bel être, mais là c'est une autre femme qui va en profiter, crisse ! Tu me fais chier !

— Merci Alex, tu es vraiment fine de m'dire ça. Mais je tiens vraiment à m'excuser d'être parti comme ça. Je l'ai jamais vraiment ouvert mon cœur avec toi. J'ai de la misère à comprendre ça aujourd'hui. Mais j't'ai aimé dans le fond.

Ce que j'essaie de te dire Alex, c'est que j'étais pas prêt. J'voulais pas m'engager. Pis tu m'as toujours regardé comme si je t'avais jetée, après, mais c'est pas le cas.

J'faisais juste te protéger de moi. Fallait pas que j'te laisse une porte ouverte, espèce de femelle fragile qui ne se respectait pas. Je les ai vus tes comportements en thérapie Alex, je les ai toutes vues, les femmes en thérapie. Ma gang de Cendrillons dans l'illusion.

Bon! J'y arrive là, Alex.

Ce que je veux te dire, c'est que tu as été vraiment importante dans ma vie. J'apprécie nos moments ensemble, vraiment. Notre relation a été significative et je t'en remercie.

— Pourquoi tu me dis ça maintenant grosse brute, tu m'fais chier là.

— La vérité Alex, la vérité. J'veux juste que tu saches la vérité dans ton cœur, que tu es une femme fantastique, douce et à l'écoute.

C'était tellement bon d'faire l'amour avec toi pis j'en passe. La vérité Alex, j'te la dois. Moi j'voulais juste te protéger de moi.

— Merci Luc, j'apprécie. Enfin, tu dis les vraies affaires! Ça me fait du bien en dedans. Petit con, j'vais pouvoir barrer ton nom sur ma liste de chiens sales à abattre.

— Té drôle Alex, serre-moi dans tes bras.

— Luc ! C'est Luc ! crie Antoine, de son patio. Ben voyons ! Ça fait combien de temps que t'es là ? Crisse ils t'ont guéri ou quoi ? On t'a même pas entendu arriver. Envoye icitte...le traité, tu l'as gagnée ta place mon *lover*.

Luc traverse la cour et saute par-dessus la petite clôture qui sépare le jardin.

Il regarde à gauche et voit que la belle brunette, Valérie, a les yeux rivés sur lui.

– Ho ! ho! se dit-il. À l'a d'la *drive* cette femme, wow ! J'me demande si j'lui plais ? Une chance que j'ai mis mon jeans, mon petit cul va peut-être lui faire de l'effet.

Luc monte les marches rapidement et prend Antoine dans ses bras, longtemps, très longtemps. Il rigole et parle avec tout le monde. Il est à l'aise et pour la première fois de sa vie, il demande aux gens comment ils vont.

En plus, il les écoute, et surtout, il est intéressé.

Debout à attendre à côté de la porte des toilettes, Luc regarde la déco chez Antoine.

« Wow, se dit-il, j'adore les...

— Allo, lui lance Valérie, t'attends pour les toilettes ?

— Oui, mais tu peux y aller avant moi. Ça devrait pas être long.

— Pourquoi tu m'dis ça ?

— Non, pas toi, la personne qui est dans les toilettes répond Luc embêté.

— J'te niaise, répond-t-elle.

Ils ne parlent plus, un malaise s'installe.

« J'sais pas quoi lui dire. Pas des clichés s'il te plaît Luc, elle en a vu d'autres cette femme. Force pas, relaxe. »

— Boubba ? lance Luc, en regardant ses souliers.

—Oui, le dernier modèle.

— Sont vraiment *hot* tes souliers. C'est tellement beau sur une femme, tu les portes à merveille. Tu dois être contente, J'te comprends, ma garde-robe déborde de souliers. J'travaille pour Boubba justement, c'est moi qui fais leurs photos.

— Merci, répond Valérie, sans émotion.

Un autre silence flotte.

Une femme sort des toilettes.

— Vas-y ! dit Luc.

— Non non, vas-y toi, tu étais là avant. S'il te plaît.

Luc entre dans les toilettes.

« Mon chien est mort, pourtant j'le pense vraiment.
Elle les porte tellement bien ses souliers. À doit s'méfier de moé ?

Crisse mes yeux ! J'avais-tu mes yeux d'allumés ? *Fuck.* Elle l'a sûrement senti, ou, on doit lui avoir parlé de moi. Elle est trop *hot* cette femme, j'suis pas de calibre.

Non Luc ! va pas là, sois fort, sinon tu vas reculer et finir encore en relation avec une femme qui ne te *drive* pas, sois patient.

Ben oui, c'est payant de dire les vraies affaires au risque de perdre. M'a t'en chier, moi Simone, de la vérité.

Boubba ! Crisse d'épais. »

Luc regarde ses dents dans le miroir, se secoue, plusieurs coups... même vraiment beaucoup, au cas où, la fameuse goutte de la honte apparaisse à travers son jeans dans dix minutes. Il se lave les mains, ouvre à nouveau son pantalon, et se secoue encore. « OK là ! ça va être correct », se dit-il.

« Sors d'icitte, pis tiens-toi debout. »

Luc, un peu nerveux, ouvre la porte, mais Valérie n'est plus là.

« Je l'savais crisse, ostie que j'suis épais, je l'ai brusquée. Crisse de Boubba. C'est quoi cette idée. »

Mais Luc fait le saut, en réalisant que Valérie est assise juste à côté, sur le sofa, à feuilleter une revue.

« J'espère qu'elle m'a pas vu, planté là et déçu. »

Valérie se lève gracieusement et passe devant Luc, un peu froidement, et commence à refermer la porte de la salle de bain.

Mais à mi-chemin de la refermer, sa tête sort du cadrage.

— Boubba ! lui lance-t-elle. N'importe quand, si tu as besoin d'une assistante, chanceux. Et Valérie ferme la porte en lui souriant.

Luc, surpris, a juste le temps de lui sourire maladroitement.

« Reste pas là Luc, lui dit son intuition, va dehors. Elle vient de te sécuriser, gère ton inconfort. »

Luc s'assoit avec Antoine et Vicky sur le patio et essaie de rester présent à ce que lui raconte Antoine. Mais dans sa tête, ça fait *boing, going a woing boing, going a woing.*

— Hein ? répond Luc à Antoine, les yeux rivés sur la porte patio, à attendre le retour de Valérie.

— Yo Luc ! T'es où ? J'te parle.

— Moi j'le sais, répond Vicky. J'te comprends Luc, elle est tellement belle.

— Hein! qui ça ? répond Luc.

Ils se regardent tous dans les yeux quelques secondes.

— Mon petit crisse, lui répond Antoine. On s'en doutait en l'invitant. Mais là, on dirait qu'elle t'a envoûté.

— Non ! non! répond Luc. J'm'attendais juste pas à ça à soir.

— Attention Luc, répond Vicky. Elle sait ce qu'elle veut cette femme. T'as besoin d'être vrai avec elle, elle a un décodeur de crosseurs d'installé en dedans. Elle en a assez bavé dans le passé. Elle est tellement fine. Niaise-la pas, sinon j'te la grafigne, ta petite face de *lover*.

Luc se sent mal, il est démasqué et ne voudrait pas faire de peine à personne. Surtout à Vicky, elle travaille avec Valérie. Il sait maintenant que tout le monde connaît son pattern. Il se sent comme sous une loupe et il ne peut se permettre de niaiser, sinon, ils ne le manqueront pas.

— Ben là ! dit Luc, en regardant à nouveau la porte patio. J'la connais même pas, quand même, j'ai été traité en thérapie moé.

Antoine éclate de rire.

— Ben oui toi, le traité. C'est à soir qu'on va l'savoir. Personne t'as dit de ne pas aller avec une femme Luc, on te...

— J'le sais ! je'l sais crisse ! Ça m'a pas couté 800$, pis dans un état presque suicidaire, pour que je m'retrouve encore, dans le même ostie de pattern.

Elle me fait juste d'l'effet cette femme, j'la connais même pas, et croyez-moi, que cette fois-ci j'vais prendre le temps, je suis à boutte.

— Bon petit mâle, lui dit Antoine, j'suis heureux que ces paroles sortent de ta bouche.

« Elle est où ? se dit Luc, ça fait dix minutes. Elle va-tu apparaître dans la porte patio un jour ? »

— T'étais où ? lance Vicky à Valérie qui monte les marches du patio.

Luc est surpris et regarde Valérie monter les marches derrière lui.

— J'ai passé par le côté, répond Valérie, habillée d'une robe légère et ses cheveux bruns au vent. Je suis allée à mon auto.

— Tu connais Luc ? demande Antoine.

— Oui bien sûr qu'on se connaît, répond-elle avec un grand sourire. On va travailler ensemble, pour Boubba, bientôt.

« D » ou Coco ?

— Dépendant ou codépendant? Allez Luc, lui dit Simone, dans la grande salle de thérapie ensoleillée. Tu es quoi en relation Luc ?

Luc est mal à l'aise.

« Crisse, j'veux pas être un ostie de dépendant. »

Mais c'est comme ça. Il connait la réponse et Simone aussi, car Luc n'en est pas à sa première thérapie.

— Un hybride, lance Luc, avec un grand sourire moqueur.

— Tu n'as pas tort Luc, mais tu es un dépendant à la base, qui est allé faire des tours dans la codépendance.

Luc, Dépendant

Luc a été quatre ans en relation avec Kim, dans son rôle de dépendant.
Il était jeune quand il l'a rencontrée, et encore en peine d'amour avec Nadia, depuis que son père « qui ne souriait plus » les avait vus, dans la chambre à coucher.

Il a rencontré Kim dans un party à l'âge de 17 ans. Il la trouvait simple et effacée. Elle ne l'envoûtait pas vraiment.

Il a donc mis fin à ce début de relation et ce n'est que deux ans plus tard qu'il la contacta à nouveau. Il se sentait seul, après quelques échecs amoureux.

Luc était assis complètement désabusé et triste dans son salon et le nom de Kim lui sauta au visage.

Inconsciemment, voici ce que Luc avait comme message dans un recoin caché de sa tête :

« J'lui téléphone. Je n'ai plus de force pour attendre encore l'amour, je téléphone Kim même si elle ne me fait pas vibrer.

Ostie que je suis à boutte d'être tu seul. Les femmes qui m'attirent et qui ont de la *drive* me démolissent. Faut que je travaille comme un cave pour gagner leur cœur et j'me sens pas à la hauteur.

J'ai rien à leur offrir, j'suis un gars normal et plate. J'suis pas une vedette à l'école, pis j'ai pas d'auto, de moto et d'argent. Les filles que j'recherche sont tellement convoitées, que moi j'déclare forfait.

J'va m'les faire voler, comme la fillette sur la plage. Crisse, je souffrirai pu jamais moé. De toute façon, j'suis pas bon, j'ai même perdu la fille du sud, dans le métro.

Moé l'amour j'le vis pas, je le subis.

Tant qu'à faire j'appelle Kim, pis là, j'suis certain que j'serai le meilleur, le seul et l'unique. Elle ne m'abandonnera jamais. Je l'ai vu dans ses yeux. À m'aime elle, même si j'suis rien. »

Luc était jeune, inconscient de son rôle de dépendant, mais surtout dans quelles conditions il avait choisi Kim.

Comment Luc pouvait-il aimer une femme alors qu'il n'avait aucune estime de lui ? Il ne connaissait pas ses vraies couleurs qui étaient étouffées depuis son enfance, au fond de sa source.

Luc a donné de l'amour à Kim, à la même puissance qu'il pouvait s'en donner à lui même. Ce qui veut dire, pas grand-chose.

Si Luc avait connu sa vraie valeur, jamais il n'aurait été dans cette relation.

Luc est un dépendant affectif et Kim codépendante, son calmant, sa dose, le pansement sur son vide intérieur impossible à combler par lui-même. La tâche a été lourde pour Kim, voire même impossible. Les attentes de Luc étaient tout simplement démesurées et inconscientes.

Les regrets inondaient Luc, à chaque fois qu'il croisait une femme à son goût et correspondant à ses critères intérieurs, du moins, ceux de cette époque. Mais il prenait son trou, il ne le méritait pas.

Les années ont passé. Luc eut de grands moments de bonheur et de complicité avec Kim, même s'il savait dans son cœur que quelque chose clochait.

D'après ce que Luc a compris, Kim l'a supporté et réconforté dans ses tourments. Elle lui a laissé son salaire, elle aimait les mêmes couleurs que lui, elle le suivait dans ses activités et même, elle a fait l'amour à la façon de Luc.

Bref, Kim n'avait aucune identité et allait chercher toute son estime en s'occupant de lui et en répondant à tous ses besoins.

Luc a compris la dynamique de Kim à sa première thérapie.

D'après lui, cette femme avait en fait le même vide que lui et une absence totale d'estime d'elle-même.

D'après Luc, il était sa dose, son calmant et tout le temps qu'elle passait à s'occuper de lui, elle ne sentait pas son vide intérieur. Elle n'avait pas besoin de foncer dans la vie, car Luc le faisait pour elle, avec ses innombrables encouragements, mais à sa manière.

Kim était donc une codépendante, elle souffrait pour Luc. Quand il allait bien, elle allait bien. Cette femme n'avait pas d'identité, elle vivait à travers lui.

Mais attention, si Luc commençait à trop bien aller au point de se détacher un peu, elle prenait un grand soin de le battre émotivement en lui faisant vivre de la culpabilité.

Le garder au sol était primordial, sinon elle serait au chômage, son petit oiseau blessé volerait de ses propres ailes et elle perdrait son illusion d'être indispensable.

Luc codépendant

Nous sommes au mois de janvier, quinze ans plus tôt et Luc est dans un bar du centre-ville. La place est bondée. Il sent des regards féminins sur lui.

Ça fait quelques mois qu'il est séparé de Kim, et ce soir, il va se trouver une femme, comme il l'a si bien dit à ses amis. Ils sont tous les trois sur la piste de danse et Luc regarde les femmes.

« Wouan, y a beaucoup de Kim icitte à soir. J'ai déjà donné.

Va pas là Luc, non, va pas là encore une fois. »

— OK les gars, dit-il, c'est plate icitte à soir, moé je m'en vas.

Luc termine son verre d'un trait, et au moment de quitter la piste de danse, la femme lascive arrive en dansant... seule. Son look est du genre bohème sexy, et elle continue à danser dans le coin opposé.

Elle regarde Luc à quelques reprises, et lui affiche, suppose Luc, un sourire coquin et invitant.

« *My God*, il faut que je bouge. Fais quelque chose Luc, fonce pour une fois dans ta vie, arrête de niaiser, t'es capable, elle te l'a dit avec ses yeux. »

Luc fige sur place, il parle de cette femme à ses amis, qui eux, bavent à la regarder.

Il reste là, à danser, et en une fraction de seconde il revoit dans sa tête plusieurs moments de sa vie, où il s'est fait virer de bord par ce genre de femme.

« Bouge Luc, se dit-il à nouveau, trouve une idée et fonce. »

Il salue ses amis et se dirige au vestiaire chercher son manteau et revient sur la piste de danse. Il les salue à nouveau, regarde la femme lascive, qui elle, le regarde aussi.

Luc prend la direction de la sortie, traverse la piste de danse et se dit...

« Vas-y, surprends-la, elle doit penser que tu t'en vas, fonce, elle te regarde cette femme. »

Presque arrivé à la sortie, il se retourne et revient en direction de la femme lascive qui elle, se redresse en dansant. Elle est surprise de le voir arriver en face d'elle.

Luc lui tend la main, et lui donne son numéro de téléphone sur un bout de papier, qu'il avait préparé au vestiaire.

Elle agrippe rapidement le bout de papier et Luc reste là, à la regarder quelques secondes dans les yeux.

Assis au volant de son véhicule, l'espoir habite Luc qui traverse la ville froide et blanche, en cette nuit d'hiver en direction de chez lui.

Le lendemain, il est anxieux de savoir si elle le contactera. Plusieurs de ses amis lui téléphonent, mais Luc discute rapidement avec eux afin de libérer la ligne, au cas où elle appelle, et ce, même s'il a une double ligne.

Luc ne le sait pas, mais il est déjà en danger émotif.

La femme lascive ne téléphonera pas.

Le mercredi suivant, Luc abandonne tout espoir. Sans le savoir, il avait fait deux grandes erreurs, il avait donné le pouvoir à cette femme et il vivait dans une blessure inconsciente, celle de la fille du sud, dont il n'avait pas pris le numéro de téléphone.

Le vendredi soir, épuisé de sa semaine, il relaxe dans son bain, et se demande ce qu'il fera cette fin de semaine.

Le téléphone sonne.

En une fraction de seconde, Luc est debout dans la cuisine avec le tapis de bain enroulé sur ses hanches et une mare d'eau sous ses pieds.

— Oui allo ! répond Luc, retenant son essoufflement.

— Allo Luc, c'est moi, Tania, au bar samedi passé, tu me reconnais ?

— Ha oui ! allo ! Mais comment ça qu'tu connais mon nom ?

— Heuuu, c'est le nom écrit sur le bout de papier.

— Ha ! oui ! c'est drôle, merci de me téléphoner, heu oui ! c'est moi, Luc.

Luc a froid, tout nu avec son stupide de tapis sur ses hanches. Son cœur bat, à toute vitesse.

— Tu aimerais qu'on se voie ce soir ? lui dit Luc.

— Ha non ! Pas ce soir, je suis au travail. Mais je pourrais demain ? Tu penses retourner au bar ?

— Bien sûr, c'était dans mes projets, tu seras là Tania ?

— Oui.

— Wow ! c'est cool.

— À demain Luc.

— Oui, c'est ça, à demain Tania.

Luc retourne dans son bain et s'enfonce la tête sous l'eau quelques secondes. Il en ressort aussi vite, stressé et anxieux car son petit de mal de ventre est de retour.

Il passe un long moment devant le miroir, à faire l'inventaire complet de son corps, de ses poils, ses cheveux, ses ongles et ses dents.

— Je dois être à mon meilleur, se dit-il, en se rasant.

Le lendemain soir, 3h du matin, Luc est allongé dans le lit de Tania, elle l'a invité à monter chez elle.

Il est complètement allumé par cette femme, il n'a même pas eu besoin de lui demander de monter.

— J'aimerais prendre mon temps. On n'est pas obligé de faire l'amour. On peut juste s'embrasser, lui dit Tania, qui porte seulement une petite culotte bleue, et qui embrasse passionnément Luc tout nu, allongé sur elle depuis déjà une heure.

Luc commence à perdre la tête, elle lui semble très allumée et le caresse partout. La tension est puissante mais il sent que quelque chose ne va pas avec le discours de Tania.

Il sent qu'elle le contrôle, et lui, ne s'attendait pas à ça en montant chez elle.

Luc se lève, et lui lance :

— Heuuu ! c'est parce que j'suis allumé là, t'es nue et tu m'embrasses passionnément. Pis là, tu arrêtes ça. Tu aurais pu me prévenir de tes intentions, et surtout, d'garder ton linge. Si tu veux t'faire réchauffer cette nuit Tania, allume ton chauffage.

Luc se rhabille et claque la porte.

« Crisse d'agace », se dit-il, au volant de son auto qui démarre à toute vitesse, traversant la ville sombre et glaciale.

En chemin sa frustration fait place au regret et à la honte.

« J'aurais pu la respecter, et juste dormir avec elle. J'dois passer pour un faible, un vrai gars, juste fixé sur le cul. Mon chien est mort, ostie que j'suis impatient. Elle doit avoir d'la peine que j'me sois sauvé d'même, je l'ai laissée toute seule. »

Normalement, Luc a la capacité de fendre sa pensée et ses émotions afin d'oublier une femme rapidement. Mais pour Tania, une douce obsession venait de s'installer.

— Allo Tania ! c'est moi, lui dit Luc, le lendemain matin sur son répondeur. Je m'excuse pour hier, mais t'es si belle que j'pouvais pas résister. J'm'attendais pas à ça. J'aimerais ça te revoir, pour que tu m'donnes la chance de t'montrer mes bons côtés. J'espère avoir de tes nouvelles, sinon j'comprendrai.

Luc passe la journée à nettoyer son studio et à pelleter, enfin, son balcon. Il n'avait rien fait depuis deux jours, angoissé par la rencontre de cette femme lascive.

Il est 16 h et il n'a toujours pas reçu d'appel de Tania, et il commence à fendre ses émotions.

« La crisse, se dit-il. Elle m'a allumé toute la soirée sur la piste de danse, pour ensuite juste se crisser toute nue. Tu fais pas monter un homme chez vous comme ça pour rien, à quoi à pensait. J'suis pas un ostie d'curé moé. Crisse d'agace. »

C'est fait ! Luc vient de passer à autre chose, elle n'existe plus. Nous sommes dimanche après-midi. Il va se louer deux films et planifie de prendre ça relax ce soir, car une grosse semaine de travail l'attend.

— Allo, répond Luc, allongé sur son sofa.

— Allo Luc ! c'est Tania, comment vas-tu ? J'te dérange ?

— Heuu, non... Non, non, pas du tout. J'relaxais, répond-il, très surpris.

— J'm'attendais pas à ça Tania. Excuse-moi pour cette nuit. J'trouve ça dommage.

— Oui, je sais Luc. C'est pour ça que j'te téléphone, j'te trouve gentil et j'aimerais quand même te revoir. Es-tu libre ce soir ? Tu veux venir chez moi ? J'vais rester habillée. Qu'en penses-tu, tu aimerais ?

Luc a eu le malheur de dire oui.

Trois semaines plus tard, ils marchent sur la rue après un déjeuner au restaurant.

— D'accord Tania, on se revoit ce soir après mon travail, pis on s'fait une petite bouffe. Dis-moi, tu t'en vas où ? C'est quoi ton rendez-vous au juste ?

— C'est pas de tes affaires Luc, lui lance Tania, en tournant les talons et filant dans l'autre direction, sans jamais se retourner.

Luc reste là, troublé par cette réponse.

— Mais c'est quoi ça ? se dit-il, envahi totalement par le rejet, l'abandon et l'insécurité.

Luc est toxiquement amoureux d'elle, il est hors de contrôle.
Jamais, dans sa vie, une femme n'a eu autant d'influence sur lui. Il est faible, vulnérable et anxieux.

Il est complètement dépendant de cette femme, de ses humeurs, de sa sexualité... contrôlée, pense-t-il.

Si elle va bien, il est heureux.
Si elle va trop bien, il a peur de la perdre.
Si elle est sombre et dépressive, il la suit dans cette noirceur, et il fera tout ce qui lui passe par la tête, pour lui faire du bien.

Cette femme lascive, c'est Luc ! C'est son miroir, mais surtout sa plus grande douleur de croissance affective.

Luc goûte à sa propre médecine. La vie vient de lui faire un cadeau.
Il ne sait pas encore qu'à travers cette femme, il va se découvrir.

Et qu'il va en vomir.

Un an et demi plus tard, Luc téléphone à Antoine et lui demande de venir le sortir de l'appartement de Tania, avec tous ses vêtements et quelques bricoles.

Il n'a plus la force de bouger, tellement il est démoli. Il est carrément en *burnout* affectif.

— *My Goooood* ! lui dit Antoine, accoté dans le cadrage de la porte. Faut que tu sois vraiment décrissé pour me d'mander de l'aide. *Fuck* ! j't'ai jamais vu comme ça. Tu m'fais peur Luc. Envoye, sors d'icitte au plus crisse.

Luc et Antoine roulent sur l'autoroute, le soleil agresse Luc, il est furieux d'avoir été enfermé depuis deux jours sans manger, à s'enfoncer dans un autre marécage de tourments affectifs.

— Crisse! T'es tout maigre Luc, tu manges-tu ?

— Ta yeule Antoine, j'pensais mourir moé. On était étendus dans son lit avant hier, pis là, elle m'a demandé si on voulait se suicider ensemble. Ostie que j'ai eu peur. Elle a un crisse de sérieux problème c'te femme-là.

— Quoi ? T'es-tu fou ? J'te crois pas, à devait niaiser.

— Non Antoine, moi-même j'étais tellement démoli, que j'avais presque le goût d'lui dire oui. Mais là, ça fait deux jours qu'elle est partie j'sais pas où. Elle s'est sauvée. Crisse, à s'est sauvée de chez eux.

— J'le savais Luc, j'te l'ai dit de sortir de cette relation. Je l'ai vu dès l'début. Tu m'écoutes pas sacrament ! Elle avait quoi de spécial, à part son cul ? T'es un ostie de malade Luc, réveille ! Dis-moé où tu l'admirais cette femme, trouve-moé un seul ostie d'exemple.

— J'sais pas ? lui hurle Luc, ta yeule crisse !

Rien, j'ai rien à t'dire. Elle me *drivait*, c'est tout. Crisse, elle m'envoûtait jusque dans l'lit, pis c'était même pas bon. J'comprends rien ! J'étais dans le vide avec elle, elle me démontrait même pas de satisfaction, elle s'exprimait pas. Même pas un ostie de son.

J'étais dans un cauchemar Antoine. Elle pouvait être charmante pis juste après, une maniaque. Crisse que j'suis mélangé. Elle doit avoir de la peine ? J'espère que j'fais la bonne affaire de m'en aller ? J'ai peur pour elle. J'peux pas la laisser comme ça.

— Aye ! le malade, allume ! Tu vas pas faire ton faible. Yé où le Luc que je connais ? Crisse, sauve ta peau ! Pis arrête d'être dans négation pis l'illusion. Depuis le début j'te l'ai dit que c'était toxique. Fais pas la gaffe de revenir encore, ça fait combien de fois que vous vous laissez ?

— J'sais pas ! Douze ou quinze fois, j'm'en souviens pas. Ostie ! j'aurais dû arrêter ça, l'année passée après le déjeuner.

— Quel déjeuner ? De quoi tu parles, qu'est-ce qui s'est passé Luc ?

— On était sur le trottoir et j'lui ai demandé où elle allait. Pis là, à me dit d'me mêler de mes affaires pis est partie. J'étais certain qu'il y avait un autre gars. A parle pas.

— Pis, c'est quoi l'affaire, elle t'a rien dit ? T'es donc ben drôle, pourquoi tu lui as pas demandé ?

— A jamais voulu me l'dire... avant le mois passé.

— C'est quoi Luc ? Accouche, elle allait où ?

— Chez son esthéticienne, ostie ! répond Luc, honteux et troublé.

— Quoi ! juste ça, une esthéticienne ! C'est quoi ça ? À l'avais-tu honte ou quoi ? Crisse que les femmes sont bizarres des fois.

— J'le sais Antoine. Quand elle m'a dit ça, j'ai allumé sur plein d'affaires. À mon avis, en arrière d'la femme lascive, y a beaucoup de secrets.

Elle s'est fait abuser toute sa vie par son oncle, pis ça, je l'ai su juste le mois passé aussi. En plus, j'ai trouvé des pilules dans sa sacoche, genre celles qui gèlent, mais qui sont prescrites par les docteurs.

— Quoi ? *My God* ! À vient de loin. Comment ça sa sacoche ? Tu faisais quoi dans sa sacoche Luc ? C'pas toi ça ? Descends de mon char, tu m'fais penser à une folle de l'amour qui espionne son chum partout.

Dis-moi Luc, t'étais-tu jaloux en plus ?

— Pas juste jaloux, j'avais peur qu'elle me *flush*. J'ai honte de ce que j'vais te dire Antoine.

Quand elle était dans la douche, le soir, avant d'aller au lit, j'faisais des *push-up*, par peur qu'elle me trouve pas assez beau. Wouache ! J'suis un ostie de malade. Pis jaloux ! Tu m'demandais ? Je sais ce qui se passe dans la tête de mon ex maintenant.

Crisse qu'elle doit avoir souffert Kim. J'pense que c'est mon karma qui me revient dans face, pis en triple.

— Penses-tu qu'elle t'aimait Tania ? dit Antoine. J'te dis juste ça, car moi, j'crois pas en la jalousie. J'crois juste qu'une personne qui n'est pas aimée le sens vibratoirement. Son âme, elle, le sait. Crisse Luc, tu l'as sûrement senti ?

— Yo, tu me parles comme une fille là, qu'est-ce qu'ils t'ont fait dans ta thérapie Antoine ? Mais t'as raison, je l'ai plus que senti, je l'ai vécu.

— Qu'est ce que tu veux dire par vécu ?

— Ben, un soir, j'le sentais tellement, qu'elle m'aimait pas, que j'lui ai demandé d'être honnête avec moi et de bien y penser, pis de me le dire quand elle sortirait de la douche. Je l'ai mis au pied du mur et j'lui ai dit de me demander d'partir, si à m'aime pas.

— Pis ? demande Antoine, c'est *freak* ton affaire.

— Elle est sortie de la douche et j'étais assis dans le salon. Pis là, elle m'a lancé:

— J'te demanderais de partir maintenant Luc, en ouvrant un de ses tiroirs.

— Pis là, j'ai dit : « Quoi ? » En sursautant sur le sofa, car le tiroir avait fait du bruit en même temps qu'elle me parlait. Elle m'a répondu.

— Rien, je n'ai rien dit.

— Crisse j'ai fermé ma gueule Antoine et j'ai caché ça dans ma tête, ben au fond.

— Ostie que t'es malade, j'le savais que la jalousie n'existe pas, elle t'aimait pas cette femme. Tu le sentais pis ça te laissait dans une insécurité permanente.

— J'le sais Antoine, crisse que j'suis faible, ostie de drogue, cette femme.

Luc regarde Simone à nouveau et lui répond :

— Oui crisse, j'suis aussi un codépendant, pis j'ai piqué du nez solide.
J'suis un hybride, j'ai goûté aux deux.

Quand Luc repense à Tania des années plus tard et deux thérapies dans le corps, il se demande ce qu'elle pouvait bien avoir de spécial cette femme, pour lui faire perdre le contrôle ainsi.

Elle n'était pas si belle que ça.
Il ne l'admirait pas.
Elle n'avait rien à offrir de positif.
Cette femme souffrait profondément.
…Pense-t-il.

« La vie est bonne avec moi, se dit Luc. Aujourd'hui, je la remercie infiniment pour cette expérience, ça m'a permis de comprendre mon ex, de me comprendre et surtout, de changer.

« Tania était une partie de moi amplifiée.

« Je suis allé en relation avec moi-même.

« J'ai compris, merci, pis là, j'passe à autre chose. »

Les actes intuitifs : le resto

Luc marche sur la rue bondée de gens, nous sommes en plein mois de juillet ensoleillé. Il est en direction de son resto préféré pour dîner.

Une forte intuition monte en lui. Il résiste et commence à rationaliser son senti. Plus il approche du resto, plus la petite voix devient forte.

« Ne va pas là Luc, change de resto. »

« OK, se dit-il. Au risque de perdre, j'essaie un autre endroit. »

Luc se retrouve assis dans un resto inconnu et il consulte Facebook sur son iPhone. Deux personnes qu'il n'a vraiment pas envie de croiser viennent d'identifier leur position.

Jim et Cassandra sont chez « Le bon resto du coin ».

« *My God* ! une chance que j'suis pas allé à ce resto. Ils sont là-bas crisse. J'ai surtout pas lc goût d'les voir, eux.

Wow! Les filles me l'ont vraiment débloqué ma source ! Ça marche leurs affaires. »

Luc revoit Simone en thérapie leur expliquant que la vie, en sortant d'ici, va les tester avec de petites victoires d'intuition, afin de les préparer à faire face aux gros tests de la vie.

— C'est là que tout va se jouer, lance Simone ! Plus vous allez écouter vos intuitions sans les rationaliser, plus vous allez être libre. C'est souvent la première petite voix qui nous parle que l'on n'écoute pas et surtout, qu'on rationalise. Mais la vérité est là.

C'est vraiment pas facile de l'écouter. Peu de gens y parviennent...
Il faut lâcher le contrôle et avoir confiance en la vie.

Je suis certaine que certains criminels le savaient intuitivement, qu'ils seraient pris en flagrant délit, le jour même de leurs crimes. Ils avaient l'info et ne l'ont pas écoutée. Pis de l'autre bord, je ne serais pas surprise qu'un policier avait l'intuition qu'un crime se produirait cette journée-là, au même endroit. C'est drôle la vie, non ?

Pis toi Luc Vallan, grand séducteur qui a eu quelques relations affectives. Tu peux me dire, même si ta source était pas mal bloqué, en combien de temps tu le savais, si tu devais aller dans telle ou telle relation. Tu peux m'le dire ?

Luc reste là, sans parler, un peu honteusement.

— J'le savais souvent d'avance, dit-il. Ou bien j'le savais après une heure. J'lai toujours su dans mon ventre. Pis à chaque fois, j'l'ai pas écouté.

—Ben oui hein ! réplique Simone. Être dépendant affectif, c'est comme faire l'épicerie le ventre vide, on choisit n'importe quoi... T'as pognes-tu Luc ?

Arrêtez donc de vous choisir des personnes qui ne sont pas compatibles avec vous. Écoutez-le, votre senti... au risque de perdre, au lieu de tout perdre.

De retour à Valérie

Luc sourit à Valérie.

« *My God* qu'est belle cette femme », se dit-il, en regardant Valérie monter les marches du patio d'Antoine.

— Ha oui ! Tu vas travailler pour moi quand je ferai des photos pour Boubba, lui relance Luc, j'ai hâte de voir ça, mademoiselle.

Valérie s'assoit entre Antoine et Vicky et plus personne ne parle.
Luc a les yeux rivés sur elle.

— Bon ! dit Vicky, on a des choses à faire nous pour le party, on revient.

Sans dire un mot, Vicky et Antoine se lèvent pour aller à la cuisine.

Valérie est assise dos à la porte patio et Luc regarde Antoine se retourner vers lui. Il peut lire sur ses lèvres souriantes.

— Mon petit crisse, toé.

Valérie et Luc sont assis face à face.

— Comment tu trouves la soirée ?

— Wow, c'est cool, répond Valérie, ça fait longtemps que j'me suis pas amusée comme ça. Je travaille beaucoup et j'ai mon garçon de 6 ans. Il est tellement *cute* le petit.

— Tu l'as à temps plein, quel est son nom ?

— Raphaël.

— Raphaël ! wouah, c'est un beau nom.

— Une semaine sur deux, j'trouve ça difficile de me séparer d'lui à chaque fois. Il revient demain, j'ai tellement hâte de le prendre dans mes bras.

Luc lui sourit et voit dans les yeux de Valérie, tout l'amour d'une mère.

« Cool ! pense Luc. Une semaine sur deux, ça donne le temps d'apprendre à la connaître. »

— Ça fait longtemps que t'es séparée Valérie ? Tu t'entends bien avec le père ?

— Oui c'est bien, malgré tout. J'suis chanceuse.

— Pis là, tu as refait ta vie ?

— Oui plusieurs fois, dit-elle en riant, ce n'est pas évident. J'ai rencontré des « morons » qui ne font rien de leur vie. C'est pathétique.

« Tu ne t'ennuieras pas avec moi », se dit Luc. J'bouge en crisse, moé, faut m'attacher.

— Et toi Luc, tu as des enfants, une femme ? lui demande-t-elle, même si elle connaît la réponse.

— Non et non, je suis complètement libre.

Ils discutent un bon moment et Luc entre dans la maison pour aller chercher à boire.

— Et puis Luc ? demande Vicky, occupée à la cuisine. Elle est fine hein, Valérie !

— Oui, vraiment, mais j'la sens sur ses gardes, c'est pas évident.

— C'est normal Luc, elle a mis un terme à une relation toxique il y a quelque mois. Elle est encore blessée, sois patient. Elle en vaut la peine, elle n'a juste jamais rencontré l'bon.

« Wow ! pense Luc. J'aimerais bien ça, être le premier, j'serais unique. »

— T'en fais pas Vicky, j'vais être honnête avec ton amie, j'suis rendu là dans ma vie, à vivre les vraies affaires. J'ai le goût de prendre mon temps, on verra.

La soirée se termine et il ne reste que Luc et Valérie, qui discutent encore sur le patio.

— Tu aimerais que j'te raccompagne Valérie ? Un petit tour de scooter en cette belle nuit chaude ?

— Non merci, j'vais marcher, j'ai besoin d'bouger.

Antoine et Vicky se joignent à eux.

« Ne force rien », se dit Luc, cette femme est blessée, fais confiance.

Luc se lève.

— Bon, merci pour cette soirée, c'était vraiment cool et ça m'a fait du bien.

Valérie se lève à son tour.

— Moi aussi j'y vais, merci les amis.

Ils sont maintenant dans le stationnement et Luc met son casque.

— Valérie, laisse-moi te reconduire. Il est tard et tu habites à vingt minutes à pieds. J'peux pas te laisser partir toute seule, donne-moi la chance d'être un *gentleman*.

— D'accord Luc !

Elle s'assoit derrière lui et de ses mains si douces, le tient par les hanches.

Ils traversent la ville sans un mot, Valérie se colle de plus en plus et Luc commence à sentir ses sens s'activer.

« Wow ! ça me fait du bien d'avoir cette femme proche de moi, elle me calme. J'suis tellement fier de rouler avec elle. »

Il dépose Valérie en face de chez elle, il la regarde et la remercie pour la soirée.

— Dis-moi Valérie, t'as pas le goût des fois de t'laisser bercer par l'amour ? De t'faire prendre dans les bras d'un homme et de t'abandonner ? Juste d'être une femme ?

— J'aimerais bien Luc, mais c'est jamais arrivé. J'ai jamais ouvert mon cœur à un homme et j'me demande si c'est possible.

— Bonne nuit Valérie. À bientôt.

Luc reste là à attendre qu'elle entre chez elle en toute sécurité et il disparaît dans la nuit.

« *My God* ! se dit-il, en chemin vers son studio. Quelle belle femme, elle est si gentille et intéressante. En plus, elle n'a jamais ouvert son cœur, un peu comme moi. Ce serait une belle expérience, un bel ancrage.

C'est ça que j'veux dans ma vie, je l'ai jamais eu ce sentiment d'appartenance profonde. De comprendre une femme sans rien dire, un peu comme Antoine et Vicky. Ils sont solides et ils sont là l'un pour l'autre.

J'pense que Valérie pis moi on se ressemble. Elle est forte, autonome et fonceuse. Enfin crisse, une femme avec qui j'serais en sécurité et qui me prendrait elle aussi dans ses bras des fois.

J'suis à boutte de toujours ramer la barque tout seul comme un sauveur.
J'ai besoin, moi aussi, de m'sentir supporté. J'ai besoin d'une famille unie par le fond. J'ai pas eu ça moi, la force puissante d'un clan. Un peu à la manière des films de mafioso, où la douce femme de celui-ci sort soudainement les crocs en lui disant:

— Élimine-la c'te pourriture chéri, je m'occupe du reste.

« Ha non ! se dit Luc, pas les mafiosi, c'est trop tordu. J'dirais plutôt, une brute et sa douce qui font face aux événements à créer de grands projets ensemble. Qui deviennent comme les deux pistons d'un puissant moteur, les propulsant ensemble vers l'avant. »

Prendre le temps

Les jours passent et Luc et Valérie s'apprivoisent. Ils prennent leur temps. Ils ont le même désir profond, de bien faire les choses.

Ils connaissent bien l'illusion de l'amour. Ils ont ce point en commun, d'avoir été dans plusieurs relations rapides, camouflant les vérités pour mieux s'enfoncer dans la toxicité affective.

Luc est heureux de découvrir que Valérie a eu autant de relations que lui, il se sent en sécurité et à égalité. Ils n'ont pas besoin d'élaborer sur le sujet.

Ils découvrent que la fidélité, le respect, l'honnêteté, la communication, la douceur et la joie sont leurs points forts à chacun, des points importants et non négociables.

Leur première relation sexuelle fut teintée de culpabilité. Ils ont eu le sentiment d'aller trop vite dans le processus, mais au moins leurs corps ont vibré.

Ils se rencontrent environ deux fois par semaine. Ils se découvrent doucement et se disent les vraies affaires : leurs peurs, leurs forces, leurs rêves, leurs faiblesses et surtout leurs besoins.

— Dis-moi Valérie ! demande Luc, collé contre elle sur le sofa de son studio. Es-tu du genre à prendre tes affaires et à crisser ton camp ?
J'te demande ça, car j'trouve qu'on se ressemble beaucoup.

— Oui Luc, exactement. Moi je dis rien, pis j'suis plus là. J'ai même la capacité de fendre mes émotions et de passer à autre chose, très rapidement.

— *My God* Valérie, on a l'air d'être fait du même moule, j'te comprends. J'sais, ce qui se passe en toi. C'est fou ! À la limite insécurisant, mais j'te connais. J'saurai sûrement comment réagir avec toi.

— On verra, répond Valérie, le temps nous le dira.

Plus les jours passent, plus Luc se sent en sécurité même s'il y a un risque d'apprendre à la connaître dans la vérité.

« Mais y est où le risque ? » se dit-il. La vérité fait pas mal.

Les actes intuitifs : le studio

Luc rencontre son ami Pierre, un ami occasionnel et de longue date qui a un immense studio à partager. Ils ont toujours rigolé ensemble.

— Voilà Luc, je t'ai fait faire le tour, tu serais vraiment bien ici pour faire tes contrats photos et recevoir toute ton équipe. Tes clients seront choyés.
Y as-tu quelque chose qui ne fait pas ton affaire dans mon *deal* ?

— Heu ! ben non Pierre, au contraire, c'est même au-delà de mes attentes, c'est tout ce que j'ai toujours voulu.

Mais un *feeling* de fond avait inondé Luc, avant même la visite du studio. Il a eu la puissante intuition de ne pas aller s'installer à cet endroit. Il décide de l'écouter, au risque de perdre...

Le lendemain, il téléphone à Pierre pour lui faire part de sa décision.
Pierre éclate de colère, car Luc n'a pas vraiment de raison à lui donner.

— C'est comme ça Pierre, pas maintenant, j'le sens pas.

Luc a peur de perdre son ami.

Lors d'un souper la semaine suivante, Luc rencontre deux personnes qui connaissent bien Pierre. L'une d'elles dit à Luc, que jamais ils ne feraient des affaires avec lui, car il est instable et n'a aucun respect.

La personne en question est sa meilleure amie depuis 30 ans.

— J'adore Pierre, lance-t-elle à Luc. Nous sommes comme frères et sœurs. Mais en affaires, c'est un trou de cul.

Luc venait de se faire valider son intuition, son senti.

Bing Bang

— Bon matin Luc, dit doucement Valérie penchée sur lui dans son lit.
J'ai tellement bien dormi, j'suis bien dans tes bras.

— J'sais Valérie, j'le sens, et c'est la même chose pour moi. J'suis vraiment chanceux de vivre ça avec toi.

Ils continuent à discuter et se caresser tendrement. Rien ne presse, ils savourent le moment. Valérie doit quitter pour midi, elle a un dîner avec des copines.

« Pong ! » Il est maintenant onze heures, et Luc reçoit un texto.

« Allo Luc, j'aimerais te parler, es-tu libre, je peux passer chez toi ? »

Un frisson passe dans le dos de Luc, c'est Sophie.

« *My God* ! Un fantôme. »

Luc a un flashback. Il se revoit nu et en petite boule couché sur le plancher de la salle de bain. L'angoisse et la peur s'emparent de lui.

Il reste là, sans bouger sur son sofa. Il est sous le choc, mais aussi curieux de savoir ce qu'elle est devenue. Beaucoup de questions sont restées sans réponse.

« Elle était tellement douce Sophie, quand je l'ai rencontrée. »

Luc regarde Valérie assise proche de la fenêtre.

« J'peux pas faire ça. J'suis intègre pis fidèle moé. C'est quoi qui m'arrive, c'est un test ou quoi ? »

Valérie est déjà en retard, elle embrasse Luc et quitte pour son dîner. Luc ouvre aussitôt son placard. Un gros sac de cuir bourré d'objets et de vêtements appartenant à Sophie traîne là depuis des mois.

« Pourquoi pas ! se dit-il. J'suis trop curieux, j'ai besoin de savoir.
Aussi bien faire d'une pierre deux coups. »

« D'accord Sophie », lui texte-t-il. Je t'attends à 16 h, mais j'ai juste 30 minutes »

« Pong ! » « Merci Luc, j'ai hâte de te revoir. »

Luc perd la notion du temps. Il est pris entre la curiosité et le malaise de jouer dans le dos de Valérie.

« Mais qu'est ce que j'ai fait là, ostie ? J'espère qu'elle sera tranquille, elle est peut-être en crise ? Va-tu falloir que j'appelle une ambulance ?

C'est quoi déjà le nom de l'inspecteur à Prévost ? »

Le retour de Sophie

Luc ouvre la porte et Sophie est là, toute timide et fragile. Il revoit la même femme douce qu'il a connue à l'épicerie. Ses émotions se mélangeant entre la peur et la douceur, la colère et la joie.

— Entre Sophie ! assied-toi, ça va bien ?

— Allo Luc, oui beaucoup mieux. Même tellement mieux.

Il reste derrière le comptoir central de la cuisine, loin de Sophie qui est assise timidement sur le sofa en face de lui près de la grande fenêtre ensoleillée.

— Qu'est-ce que tu deviens Sophie ?

— Pas grand-chose, je m'occupe de moi. J'sors d'une dépression, je savoure chaque moment. J'te demanderais juste d'écouter ce que j'ai à dire Luc. Après tu t'feras une idée de tout ça.

J'aimerais juste avoir la chance de réparer mes torts. Quand tu m'as rencontrée Luc, j'étais déjà en dépression et j'le savais pas. Tu m'as vraiment fait du bien et jamais un homme m'a autant donné. T'as pris soin de moi et t'étais toujours présent. C'est moi qui a dérapé et tu ne devineras jamais pourquoi.

— Je t'écoute Sophie, j'ai vraiment hâte de savoir.

— Mes SPM Luc.

J'ai eu de sérieux problèmes de SPM, qui m'ont amenée dans la folie.
Tout a commencé quand j'ai pris la pilule, tu t'en souviens ?
Tout allait bien, avant ma crise à la séance photo.

Après mes textos de faux meurtre, dont j'me souviens pas trop, on m'a mise deux semaines en psychiatrie, pis là, ils m'ont fait une batterie de tests.

C'est là qu'une des infirmières m'a parlé de cette pilule contraceptive et d'un recours collectif à travers toute l'Amérique. Imagine Luc, une dépression non diagnostiquée, mélangée à cette pilule contraceptive. De la folie, j'en ai vraiment bavé.

— *My God* Sophie! J'ai de la peine pour toi. Crisse j'le savais que quelque chose clochait. J'le sentais, pis là tu viens de m'le confirmer.
Tu vas mieux ? C'est fou ton histoire.

— Y a pas juste ça Luc.

— Quoi Sophie ! Tu me fais peur.

— Simone te dit bonjour.

— Quoi ? T'es allée faire la thérapie ? Tu me niaises ou quoi ?

— Non Luc, c'était vraiment bien, ça m'a sauvé la vie. J'pensais pas que j'étais aussi en dehors de mon corps que ça. Je m'habitais pas. J'avais une façade de douce derrière une victime.

— Mais tu es douce Sophie ! Je l'ai toujours senti.

— Oui, mais, ce n'était pas normal de l'être comme ça. Maintenant, j'apprends à dire les vraies affaires. J'peux utiliser ta salle de bain Luc ?

— Ben oui, tu connais le chemin.

Luc reste assis sur son comptoir, complètement perdu et confus.
Il a un malaise quand Sophie passe devant son lit qui est défait et espère qu'elle n'a pas vu le sachet de condom vide qui traîne sur le côté. Elle entre dans la salle de bain et Luc court ramasser tout ce qui traîne autour du lit.

Plusieurs scènes repassent dans sa tête et tout s'embrouille. En une fraction de seconde, comme une roulette de casino qui tourne. La bille blanche s'arrête sur Valérie. Rien ne va plus.

Tout est clair dans son cœur. Valérie est son amoureuse, même s'il la connaît à peine.

« C'est elle la bonne, même si mon cœur ne s'est pas encore ouvert. »

— Tu sais Luc, lui lance Sophie en sortant de la salle de bain, on pourrait rester amis et se revoir.

— J'sais pas Sophie, pas maintenant. Peut-être quand tu auras un amoureux.

— C'est quoi, qu'tu dis là Luc ? C'est donc bien poche, tu me tasses ou quoi ? J'ai changé Luc, donne-moi cette chance.

Luc marche sur des œufs, car il a peur de ses réactions.

— Non Sophie, dis-moi tes vraies intentions ? Tu m'aimes encore, j'le sens tellement.

— Non Luc, c'est pas ça. On pourrait pas juste passer des bons moments ensemble ?

— Arrête Sophie, dis-moi la vérité, montre-moi que ta thérapie fonctionne. Dis-moi les vraies affaires, au risque de perdre.

Sophie se met à pleurer et Luc comprend aussitôt.

— Ostie ! Tu m'aimes encore, j'peux pas aller là avec toi. J'me suis engagé dans un processus et j'vais le respecter jusqu'au bout. J'suis pas disponible.

Luc lui dit ces mots pour faire diversion. Il ne veut pas la démolir en lui dévoilant la vérité sur Valérie. Car « être dans un processus » peut aussi vouloir dire... « de rester célibataire un bout de temps afin de comprendre des choses, de vivre des deuils ou d'apprendre à vivre seul ».

Et au même moment où Luc prononce : « j'vais le respecter jusqu'au bout » ... Luc pense à Valérie et se dit :

« J'mens pas à Sophie. C'est vrai que je suis dans un processus, elle n'est pas obligée de le savoir, ça serait-tu utile ou aidant, de lui dire la vérité sur Valérie ? Est-ce si important ? Pis j'espère que c'est le bon processus cette fois-ci. »

— C'est ça Sophie ! reprend Luc. Ça va être un très long processus, j'suis pas disponible.

Et de l'autre côté, Luc se doit d'être intègre avec Valérie. Il doit fermer la porte à Sophie.

Il la regarde et reconnaît son état de désespoir.

« On dirait que la folie va encore s'emparer d'elle, crisse qu'à me fait peur. »

Mais Luc n'a pas le choix, il doit régler la situation.

— De toute façon Sophie, je n'ai plus le goût d'être avec une femme juste de douceur. J'ai besoin d'une femme qui a autant de *drive* que moi.

J'ne supporte plus d'être le seul à ramer dans la barque, j'suis un homme, mais j'ai besoin de bras solides des fois. Et toi Sophie tu es une douce, passive, qui se fait prendre en charge.

Je n'ai plus besoin de ça pour me sentir un homme.

Sophie le regarde sans rien dire.

Luc la regarde et suppose par son silence qu'elle comprend et qu'elle ne dénigre pas cette vérité.

— De toute façon, reprend Luc, je suis en plus...dans un processus, et ça peut durer très longtemps. Et cette fois-ci Sophie, j'vais faire ce que j'ai à faire, pour bien le vivre jusqu'au bout !

— C'est quoi ton processus Luc ? dis-le moi, combien de temps ça va prendre ?

— Le temps qu'il faudra Sophie.

— Ostie ! J'viens de comprendre, j'te connais Luc Vallan.

Luc se sent démasqué et garde le silence.

« Elle l'a pogné que j'ai une femme dans ma vie. Ta gueule Luc, à va péter une coche pis à sortira plus d'icitte. Elle va t'prendre en otage comme les autres fois. Crisse faut que j'la sorte. »

— Tu m'aimes encore Luc, j'le sens.

Luc la regarde sans un mot.

« Elle a raison Sophie, mais c'est pas ce qu'elle pense. J'aime juste la douce en elle. »

— Tu vas devoir partir Sophie. J'reçois des amis bientôt, pis j't'ai dit que j'te donnais trente minutes, pis là on en est à une heure.

Sophie ne bouge pas, elle reste assise, sans dire un mot, la tête penchée et pleure avec retenue.

— Si j'sors d'ici Luc, j'te reverrai plus jamais, j'le sais, j'le sens.

« Crisse ! se dit Luc. Elle l'a vraiment pogné que j'ai une femme dans ma vie. Mais à l'dira pas, elle non plus. J'sens qu'elle a ben d'trop peur d'la vérité. »

— Bon Sophie, arrête et laisse-moi, j'te le demande gentiment.

— Pourquoi ? lui répond-elle, qu'est-ce que tu vas faire. Tu vas m'crisser dehors ?

— Oui Sophie, me refais pas le même coup. Déjà que t'avais fait un double de ma clé en cachette pour revenir en crise l'année passée. Tu veux retourner dans ta folie ou quoi ?

— Ta yeule Luc Vallan, tu m'fais chier. T'es-tu obligé de m'parler de ça, encore une fois ? J'ai eu tellement honte. Change-la ta toune, c'est du passé.

— J'ai encore des blessures là-dedans, moi, Sophie. En plus, tu passais les nuits à venir cogner dans ma porte d'en arrière en chialant comme une petite bête blessée jusqu'à ce que je t'ouvre. Crisse ! C'est ça, qui me remonte, moé.

T'as pas le droit de m'prendre en otage comme ça, tu peux pas quémander d'l'amour crisse. Regarde plutôt la femme extraordinaire que t'es devenue. Tu te tiens droite maintenant, tu portes ton corps comme une vraie femme pis tu marches d'un pied ferme. T'es mince comme jamais et tu as des courbes à faire tourner les têtes. Tu l'vois tu ça Sophie, sacrament ? Es-tu consciente de ta puissance ?

Es-tu aveugle ou quoi ?

— Tu me fais chier Luc, je m'en crisse de tout ça, c'est toi qu'j'aime.

— Non Sophie, t'as toujours été une femme timide avec un puissant senti. T'as ce don de lire dans les autres. Utilise tes pouvoirs et vas t'choisir un homme.

— Chu pas capable Luc, j'suis pas bonne là-dedans.

— Arrête Sophie. Va t'chercher un homme, qui t'aime pour vrai.

— Tu m'fais chier Vallan, va chier.

— Merci d'être passée Sophie, mais là, j'ai vraiment plus de temps, sors d'icitte s'il te plaît.

« Crisse ! À va-tu décoller ? se dit Luc angoissé. Valérie peut arriver d'un moment à l'autre. »

— Sophie ! Sors d'icitte maintenant, on s'reparlera un jour.

— Un jour Luc, ben oui ! Un jour, lui répond-elle, devant lui, sans broncher.

On frappe à la porte.

« Nooooon ! se dit Luc, la main déjà presque sur la poignée de porte, Valérie ! J'fais quoi ? Là chu dans marde. Ostie chu faite, j'ai pas le choix. »

Et Luc ouvre la porte.

— Quesse tu fais ? lui dit niaiseusement son voisin.

— Rien, ostie que tu m'as fait peur Humberto, quessé tu veux ?

— J'arrive du dépanneur, tiens j't'ai acheté une palette de chocolat. C'est qui qu'y é là Luc ? Pourquoi tu tiens la porte de même ?

— OK là, j'ai pas le temps Humberto, t'es ben fin, mais ça va pas, là.

— HA ! Une autre femme Luc ? OK, amuse-toi bien.

— C'est ça, c'est ça, bye, on s'reparle.

Luc referme la porte et donne à Sophie son sac de cuir, et souhaite de tout son cœur que Valérie n'arrive pas.

Après un autre trente minutes à discuter, Sophie finit par enfiler son manteau, mais ne bouge pas. Luc retrouve soudainement son calme.

Il s'avance vers Sophie...

La prend dans ses bras.

— Merci Sophie d'être là, j'suis heureux de connaître enfin la vérité et de savoir que tu es dans un processus de guérison.

Il la soulève doucement du sol.

Sophie est surprise et affiche un sourire.

Luc sent son corps chaud contre lui et se retourne avec elle, toujours dans ses bras.

— Arrête Luc ! dit-elle en riant. Où tu vas ? S'il te plaît, je t'aime, lâche-moi. Nooooon ! Va chier mon ostie !

Luc est déjà en train de la déposer sur le trottoir.

— Va-t'en Sophie, laisse-moi tranquille, va te chercher un homme, moi j'suis pas disponible, pis j'reviens pas en arrière.

— Tu m'fais chier Luc Vallan. Tu, me, fais, chier.

— Je ferme la porte, là, Sophie, bye.

— Attend Luc ! Laisse moi pas d'même, j'ai peur.

— T'as peur de quoi, de rester toute seule pour le reste de ta vie ?

— Peut-être !

— Sophie, fonce ! Va chercher ce que tu désires vraiment au fond de ton cœur.

Luc ferme la porte et souhaite qu'elle ne colle pas dans son auto, devant le studio et surtout, qu'elle ne vienne pas encore frapper à sa porte arrière cette nuit...

« Crisse, Valérie va être icitte.

« Ostie qu'elle me lit en dedans Sophie. *My God* qu'elle a changé. J'espère qu'elle va se trouver un amoureux. Elle est tellement gentille.
C'est triste qu'elle ne soit pas aussi sûre d'elle, à pourrait avoir tellement d'hommes.

C'est vrai que je l'aime Sophie, mais plus d'la même façon.
J'veux plus ça dans ma vie, j'ai besoin d'une femme puissante comme Valérie. Jamais, je n'aurais cru que ça existe une femme comme ça. »

Rapidement, la pensée et les émotions de Luc se fendent en deux et oublient Sophie.

Valérie arrive enfin. Ils passent la soirée à rigoler, ils font enfin l'amour librement, sans retenue mentale. Luc sent que les barrières sont tombées et que quelque chose vient de s'installer en lui, et il a l'intuition que c'est la même chose pour elle.

Le lendemain matin, Luc prépare deux bons cafés et ils discutent longuement au lit. Tout se déroule bien, jusqu'à ce que Luc utilise un mot de trop. Un mot dont il ne mesure pas l'ampleur.

— J’suis heureux qu’on s’dise les vraies affaires Valérie. Ça fait du bien et c’est la bonne chose à faire quand on est en probation.

Valérie le regarde avec de gros yeux, sans dire un mot.

— Heuu, j’ai dit quelque chose de pas correct Valérie ?

— Écoute-moi bien Luc, normalement, j’dirais rien, pis j’serais déjà partie. Mais là, vu que j’veux changer, j’vais parler, pis faire les choses autrement. Mais crisse ! J’en ai mal à mon plexus, tout est bloqué ici...

« Probation » Luc ! Tu réalises-tu que tu viens d’me dire le mot « probation » ? Moi, ça passe pas.

— Je m’excuse Valérie, ma pensée est sortie avec le mauvais mot. Je m’excuse de t’avoir blessée, j’voulais juste dire... que, de se dire les vraies affaires nous permet de bien se connaître. On se l’est pourtant dit ! On apprend à se connaître. J’suis vraiment désolé.

Luc sent que Valérie est déjà loin.

— Dis-moi Valérie, qu’est-ce que ça te dit en dedans, peux-tu mettre un mot ?

— Non, j’suis trop troublée, j’y arrive pas.

— Moi j'pense le savoir, me donnes-tu la permission de te le dire ?

— Ouais, c'est quoi, Luc ?

— Eh bien, j'dirais : « M'a t'en chier une probation moi sacrament. »

— Ouais ! C'est à peu près ça Luc. T'es pas loin, oui, c'est ça en fin de compte.

Luc la regarde et une phrase lui monte aussitôt de son ventre.

« N'achète pas la paix Luc, fais juste ce que tu as à faire, reste vrai. »

— Je m'excuse encore Valérie, j'aimerais te prendre dans mes bras, viens ici.

Luc tient Valérie contre lui quelques instants, met sa main sur son ventre et lui caresse les cheveux de l'autre main.

— Valérie, j'suis comme ça des fois, j'utilise les mauvais mots pour m'exprimer. Je suis vraiment désolé et j'suis certain que ça va arriver encore, mais j'vais faire attention.

C'est pas toujours ce qui arrive, le plus important, mais plutôt ce qu'on va en faire et comment on va l'régler. Pardonne-moi Valérie, lui dit Luc, en la serrant dans ses bras.

Luc l'a échappée, elle n'est plus là, il le sent. Ils sont faits du même moule, ils crissent leur camp et ont tous les deux une capacité de passer à autre chose. De terminer une relation sans vraiment souffrir...

— Bon ! J'vais dans la douche, dit froidement Valérie.

Un malaise connu flotte dans le studio.

Elle sort de la douche, s'habille et sèche ses cheveux.

« Elle est complètement fermée, j'connais cet état.
Ferme ta gueule Luc, laisse-la aller. Regarde et écoute bien. »

Valérie met son manteau et Luc s'assoit sur son comptoir de cuisine, à côté de la porte. Il attend... Valérie est maintenant devant lui. Il l'approche et la serre dans ses bras, sans parler.

— Je vais sûrement aller au gym après mon dîner de filles, on se rappelle.

Luc lui ouvre la porte, et son intuition est forte.

« Depuis quand on traîne dans un gym le dimanche après-midi, c'est n'importe quoi. » Luc se revoit lui-même, à inventer toutes sortes d'excuses, quand il « crisse son camp ».

Il regarde Valérie avancer d'un pied ferme sur le trottoir et elle ne se retourne pas.

Luc ferme la porte et comprend exactement ce qui se passe.

« Elle me rappellera pas. »

Luc se fait un autre café, s'assoit et réfléchit à tout ce qui vient d'arriver.

Après 20 minutes, il se lève et se dit tout bas :

— *Fuck off* ! Qu'à crisse son camp. Moé j'ai fait c'qui fallait faire. J'me suis excusé, de tout mon cœur, je l'ai pris dans mes bras, pis je n'ai surtout pas acheté la paix.

« Elle est partie sans me sécuriser, à m'a crissé dans le vide. »

Luc passe la journée à bricoler dans son studio, sa pensée et ses émotions se fendent en deux, encore une fois.

Plus tard, il réalise qu'il n'a même pas pensé à Valérie. C'est encore plus clair maintenant dans sa tête.

« Moé, j'va rester tu seul un crisse de boutte. Elle m'aura au moins montré ce que je veux comme femme. »

Luc s'arrête et reste là, debout au milieu de son studio.

La joie monte en lui, comme quand il était dans le café, libre de son obsession de femmes.

Mais cette fois-ci, il se touche le ventre.

Il réalise qu'il n'a plus son petit mal de ventre...affectif.

« Crisse ! C'est-tu ça que ça fait de dire les vraies affaires pis de se tenir debout ?

Mon corps est en accord ? Wow ! »

Surprise

Il est 17h30, le téléphone sonne et c'est Valérie inscrite sur l'afficheur.

« Crisse ! À m'appelle. J'aurais jamais cru.

Réponds Luc, ouvre ton esprit et reste vrai. »

— Allo Luc, comment vas-tu ? On se voit ce soir ? On est supposé souper ensemble ?

— Heu, tu me prends par surprise Valérie, j'étais certain que c'était fini nous deux.

« C'est quoi qu'elle me dit là ? pense Luc. On n'a jamais parlé de souper ensemble ! »

— Ben non ! Je t'ai pas dit que j'voulais m'en aller, ou t'laisser ! J'te l'ai juste verbalisé. J'veux changer Luc, c'est tout. On soupes-tu ensemble ?

— J'sais pas Valérie, je n'ai pas la réponse.

— Ne pas savoir la réponse est la réponse Luc.

— Non, j'suis pas d'accord avec toi.

Luc sent que cette expression est vraiment nulle et ne s'applique pas aux gens qui disent les vraies affaires. Il se reprend :

— Aucune idée Valérie, j'ai pas la réponse en dedans d'moi, désolé. J'suis surpris et moi aussi, j'avais crissé mon camp, dans ma tête. C'est tout.

— D'accord Luc, j'te crois, mais là, qu'est-ce qu'on fait ?

— J'sais pas, on laisse passer l'temps ? J'ai besoin de temps pour penser à tout ça, on s'rappelle Valérie.

— D'accord Luc , Bye.

— Bye.

« Crisse, j'peux pas vivre dans peur qu'à crisse son camp à tout bout de champ. J'ai besoin d'être sécurisé moé.

Fuck off. J'ai pas besoin d'ça. »

Luc prépare son équipement pour le lendemain matin, un gros contrat photo l'attend. Il prend minutieusement le temps de s'assurer que tout y est. Il referme sa dernière valise et le téléphone sonne à nouveau.

— Allo !

— Luc c'est moi, je m'excuse d'être partie, je m'excuse de t'avoir laissé comme ça, sans te sécuriser. J'suis bien avec toi et j'crois que ce serait une erreur de tout balancer. C'est la première fois de ma vie que j'rappelle un homme, et surtout, que j'lui nomme ce qui se passe en moi.

— On soupe où ? lui dit Luc, j'ai faim. Merci Valérie, j'apprécie vraiment ton geste, c'est très significatif pour moi. On y vas-tu au resto ?

« J'suis fier de m'être tenu debout pour la première fois de ma vie, se dit-il. Ç'a été payant. »

— Merci Luc de m'avoir laissée partir sans m'retenir, normalement les hommes me persécutent, même au point de s'coller à ma fenêtre.

— J'sens qu'on va se faire des petites guérisons nous deux, lui répond Luc.

— J'le sens moi aussi Luc, viens m'chercher vite s'il te plaît. J'veux te voir.

Bing bang.

Luc est subitement envahi par la peine, un frisson de tristesse inonde son cœur.

— Crisse qu'elle m'aimait cette femme, j'viens d'comprendre.

— Quoi Luc, de qui tu parles ? lui demande Alexandra, assise en face de lui sur une terrasse ensoleillée, au centre-ville.

— De Pascale, la femme des Laurentides, tu t'en souviens ?

— Oui, la blonde aux yeux bleus infinis, j'm'en souviens Luc. Mais tu veux en venir où ?

— Ben, tu viens de me demander si je l'ai aimée Valérie, mets-en. J'aurais fait n'importe quoi pour elle, n'importe quoi. Jamais, je m'étais autant impliqué avec une femme, c'était facile pour moi, car en plus de l'aimer, je le lui démontrais à tous les jours par toutes sortes d'attentions. Mon cœur était ouvert, j'avais pris la décision de mettre l'amour en numéro un dans ma vie. J'suis juste pas certain qu'elle était au même endroit que moi, j'le sentais pas dans mon cœur qu'elle m'aimait... vraiment. C'est pour ça que je l'ai quittée.

Pis là, j'viens de comprendre Pascale, elle l'avait ouvert son cœur, mais pas moi, je l'aimais, mais c'est tout, c'est pour ça qu'elle m'a demandé de partir après quelques mois.

Si elle était en face de moi, je m'excuserais profondément. J'te l'ai jamais dit, mais à chaque matin, Pascale me coulait un bain et m'apportait une assiette de fruits. À tous les matins Alex, et je ne lui ai jamais rien demandé.

Pis là, je lui ai même dit à quelques reprises que l'eau était trop chaude pis que les melons au miel, j'aimais pas ça. Même que des fois à m'énervait avec son assiette. Des gestes d'amour comme ça de sa part, j'pourrais t'en faire une longue liste Alex, très longue. Crisse que j'ai honte, cette femme était engagée dans la voie de l'amour.

— Ben non Luc, c'était ton niveau de conscience à ce moment-là, j'le sens que t'as changé. Penses-tu que tu es le seul qui a été comme ça ? Moi j'en connais, une crisse de gang, d'hommes et de femmes qui ne redonnent que des miettes en amour. Je l'ai déjà faite moi aussi.

— J'comprends c'que Pascale me disait maintenant.

— De quoi Luc ?

— Ben, elle me répétait sans cesse qu'elle voyait en moi l'être d'amour et quand j'suis parti, elle m'a lancé : « C'est triste, Luc, car c'est une autre femme qui en profitera un jour, quand ton cœur ouvrira à fond.

Mais j'peux pas forcer ta capacité de donner ou recevoir l'amour. »

— Wow, c'est beau ce qu'elle t'a dit Luc, tu le réalises-tu ? J't'ai dit la même chose, p'tit con.

— Oui Alex, j'viens de vivre la même chose qu'elle.

— Pas juste elle, moi aussi Luc, moi.

— Des fois, j'me plais à dire que j'devais être vraiment laid, poche pis seul dans une autre vie, pis que j'me suis promis que dans la prochaine, j'en aurais des femmes. Là ! j'devrais juste dire merci.

— Té con Luc, dit-elle en riant, drôle, mais con. Mais dans ton cas c'est peut-être une vertu.

— C'est quoi tu veux dire Alex ?

— L'amour Luc, l'amour est peut-être une vertu pour toi et une vertu ça se développe en chemin. Y a des gens pour qui c'est inné, ça vient avec eux. Peut-être que toi ta voie, c'est de développer ta capacité à aimer, genre comme une mission dans cette vie. En tous cas, tu dois être devenu bon, lui lance Alexandra avec un gros sourire !

— Crisse... ! dit Luc.

—Tu viens de vivre ce que tu as fait à certaines femmes, moi incluse. T'a pognes-tu Luc, quand j'te disais que j'lui ai touché à ton cœur ? Moi c'est ça mon problème, j'tombe en amour avec l'être en dedans et tout son potentiel, mais pas avec l'homme devant moi, avec son cœur à demi ouvert. Crisse que je suis tannée de ça.

— J'comprends maintenant Alex. J'suis vraiment désolé.

— Tu l'as compris avec la fille des Laurentides, j'aurais aimé ça avec moi, mais bon.

C'est pas pour rien c'que tu viens d'vivre, tu t'fais forger Luc. Ça fait des mois que tu dis que tu vas mettre l'amour au premier plan dans ta vie. Il y a une différence entre le savoir et le vivre. La vie vient de t'montrer le chemin.

— Ostie, la prochaine a va….

— À va quoi Luc ? Continue.

— Non rien, j'ai pu rien à dire, j'demande pu rien, j'vas laisser faire la vie.

— C'est ça Luc, ferme ta gueule, laisse la vie te surprendre, car toi, tu pourrais limiter les choses. Ta conception d'une femme et de l'amour est peut-être moins puissante que celle que la vie te réserve. Fais juste vivre.

— Ben oui Alex, j'le sais bien, mais c'est pas toujours évident, y a des journées où je vais bien, pis d'autres où j'aimerais ça avoir une belle relation.

— T'es pas tout seul Luc, moi aussi et j'dois faire attention aux pièges.
Y a des hommes que je sais pertinemment qu'ils me veulent et qui me donneraient la lune, des hommes riches qui me mettraient à l'abri du besoin pour le reste de ma vie. Mais bon, moi j'choisis l'amour, la vraie affaire. Quand j'vais le regarder cet homme, ce sera tout son être qui me fera vibrer. Un homme disponible émotivement et physiquement, que j'admirerai.

Des fois encore Luc, j'ai le goût d'laisser tomber tous mes principes et juste de me faire prendre en charge. Mais je l'ai déjà faite, j'suis même allée vivre en Angleterre trois ans avec un homme, j'avais tout ce que j'voulais, notre compte de banque était sans fin. Mais il n'était jamais là. J'étais pognée dans un grand château vide toute seule. Les autres femmes de ses amis étaient comme moi et quelques-unes avaient des amants, c'était tordu comme mode de vie. J'me suis sauvée avec ma petite valise pis j'suis revenue dans un trois et demie. J'me suis trouvé une job pis là, ça fait cinq ans que je suis heureuse.

—Hein ! Tu m'as jamais parlé de ça Alex, wow, méchante expérience de vie. Tu l'regrettes-tu ?

— Non Luc, pas du tout, ça fait partie de mon évolution vers l'amour véritable. J'suis pas la seule comme ça. J'ai des amies qui sont dans la sécurité en échange de leur beauté. Pis y a rien de pas correct ou de correct. C'est des choix. On s'part pas toutes du même endroit dans la vie, on n'a pas toutes les mêmes objectifs. Moi mon karma Luc, c'est sûrement ma beauté. J'ai juste à marcher sur la rue pis les hommes veulent me marier.

Mais toé mon p'tit crisse, tu es riche pis tu l'savais pas. Tu as enfin décidé d'offrir l'amour à une femme, mais tu dois choisir la bonne. Tu vas trop vite Luc, prends ton temps.

—Ha ! Es-tu en train de me dire que t'étais pas bonne pour moi ?

— Je correspondais pas à tes valeurs dans ce temps-là, je l'ai toujours senti, mais j'disais rien. On était dans deux mondes opposés, sauf dans le lit. C'est ça qui a tout mélangé.

—Je sais Alex, j'pas vite là-dedans. Autant que j'suis bon pour lire dans les gens et savoir qui est en face de moi, autant j'suis pourri quand c'est une femme qui m'intéresse. C'est fou non ? J'me réveille des mois plus tard accoté dans peine.

— Té drôle Luc, vraiment. Quand tu magasines des équipements ou des trucs importants, tu fais le tour, tu poses des questions, tu te renseignes sur ce qui est le mieux.

Tu te souviens des masques de plongée quand on est allé en vacances ? On a fait huit magasins. T'étais rendu un pro, tu sais maintenant c'est quoi un bon masque qui ne fera pas mal à la tête après une heure ou qui sera plein de buée. Tu prends toujours le temps de te renseigner.

Ça te tente pas des fois de faire la même chose avec une femme ? D'apprendre à la connaître Luc, pis de pas attendre d'être rendu au fond de l'eau et que tout soit embué, avec un gros mal de tête. On n'est pas toutes des saintes, on est humaines nous aussi les femmes. On a des petits défauts cachés, faut juste voir si tu peux les accepter chez celle qui te fera vibrer.

— Té drôle avec ton masque de plongée Alex. Vraiment, moi j'pense qu'y pas juste un masque qui est important, la bonbonne d'air aussi. Haaaaa, j'peux pu respirer là, haaaaa, dit-il en riant.

— Té con Luc.

— Mais c'est pas toujours drôle Alex, des fois j'ai honte de toutes les relations que j'ai eues, pis de me faire juger.

— J'te comprends, moi aussi t'inquiète pas. C'est facile de juger Luc, je l'ai fait moi aussi, même quand j'étais dans une relation toxique. Faut-tu être dans la négation pas à peu près ! J'disais à mes amies quoi faire pis je souffrais en rentrant chez moi.

— Wouan, t'as raison Alex, des fois je l'oublie, ça. J'ai trois de mes amis qui me rentraient dedans constamment et qui me donnaient l'heure sur mes choix de femmes. On vient d'les ramasser démolis de leur relation. Ils avaient un beau discours. Mais là, je réalise que c'est dans l'action que ça se passe. Y en a même une qui était célibataire depuis deux ans et qui me rentrait dedans, à me dire de rester seul une couple de mois.

— Pis, Luc ?

— Ben, est en *burnout* affectif.

— Ha, tu vois Luc. J'pense que personne n'est à l' abri de l'amour ou d'une débarque, même après des mois de célibat. C'est peut-être pas le temps qui est important mais ce qu'on en fait.

— Ok, mais j'fais quoi Alex, avec c'te temps-là ?

— Des deuils affectifs peut-être ?

— J'devrais écrire un livre Alex, « Comment sortir d'une relation vite sans souffrir même si je suis pas bon pour la choisir ».

— Té vraiment con Luc, dit-elle en riant.

Dis donc Luc! T'as l'air fâché après tes amis, tu m'parles de honte et de la peur d'être jugé. Mais toi, as-tu honte de toutes tes expériences, comment tu te sens face à tout ça ?

— Ben, rien Alex, j'm'en veux pas, c'est des expériences justement.
C'est donc ben drôle ta question.

— Ben non Luc, ta réponse est là. Tu donnes le pouvoir aux autres sur ce que tu as fait dans ta vie. T'as honte par peur de te faire juger. Ton malaise vient du regard des autres et non de toi. T'a pognes-tu ?

— Crisse Alex ! J'avais jamais vu ça.

Hey Alex, on s'inscrit-tu sur un réseau de rencontre ? J'pourrais écrire ton profil : « Femme d'une grande beauté cherche homme riche intérieurement pour prendre en charge mon cœur. »

— Oui ouiii Luc, c'est drôle ça. Moi je t'écrirais : « La brute et le doux, le yin et le yang et le bing et le bang. »

— Tu sais quoi Luc ?

— Quoi Alex !

— Ben...Rien...

Le petit Luc, à nouveau

Le dimanche suivant, après son aventure des sacs de cotons,le petit Luc 8 ans et demi est encore assi sur son banc froid d'église et habillé honteusement propre. Il reprend place à l'avant, derrière le petit lutrin.

— Bonjour tout le monde. J'aimerais vous raconter la suite de ma future vie. Aujourd'hui, je vais vous parler des boîtes postales invisibles.

Dans 33 ans, j'aurais 41 ans et demi, et je serai assis face à une machine électronique qui portera le nom d'ordinateur. Cette machine me permettra de communiquer avec mes amis, des magasins et même d'acheter des choses sans sortir de chez moi. Un peu comme un téléphone, mais avec des mots que je pourrai taper avec une machine à écrire sans papier sur une télévision mince comme un cartable.

Devant ce mini poste de télé, je pourrai me choisir une femme. Hé oui ! comme dans un catalogue de jouets ou de vêtements, j'aurai le choix de plusieurs madames que je pourrai charmer par des mots et des images de moi.

Afin de garder le contrôle et de garder mon esprit en paix, je me limiterai a choisir quelques dames et je m'engagerai à me désinscrire de ce club social de l'amour rapidement afin d'éviter des seconds choix.

Cette fois-ci, je vais choisir au lieu d'être choisi comme la plupart du temps dans ma vie.

Après plusieurs heures à consulter le catalogue et regarder les photos des madames, à lire leurs besoins, leurs rêves ou leurs demandes, je finirai par en choisir quelques-unes. Ensuite je ferai une sélection plus approfondie et terminerai avec douze beautés, qui par leurs mots écrits et leurs photos, me charmeront et me sécuriseront.

Mais n'oublions pas que moi aussi, je serai dans ce catalogue et que certaines dames que je n'aurai pas choisies tenteront de me contacter.
Je ne répondrai pas, à leur demande, et surtout celles qui m'auront bizarrement invité chez elles pour se coller.

J'enverrai par la suite, une lettre d'ordinateur spécialement écrite pour chacune d'elles et seulement deux me répondront dans les trois jours qui suivront.

Isabel et Caroline.

J'irai rendre visite à Isabel dans un grand parc et inviterai Caroline à me téléphoner à la maison dans la soirée.

Voici ce que Caroline me répondra par sa lettre d'ordinateur.

De: *Caro xox*
Objet: re: téléphone
À: *Luc V*

« Hummmm Isabel ! »
Bonne soirée le grand !!!
Caroline

— Oups je lui répondrai, que je suis désolé de m'être trompé de nom dans la lettre d'ordinateur. Que la vie a fait son oeuvre, que la sélection aura été faite malgré moi et que je lui souhaite tout le bonheur du monde et mieux encore.

Il ne restera alors que Isabel.

Voici des lettres d'ordinateurs que j'échangerai avec elle.

De: Luc V
Objet: Femme féminité
À: Isabel xxx

Allo Isabel,

Merci pour la balade au parc. J'ai apprécié notre rencontre et j'avoue que tu m'as surpris.

Tu es charmante, ouverte d'esprit, drôle et encore plus belle une fois tes mots et ta féminité rassemblées.

Je m'attendais un peu à rencontrer une bourge nez en l'air, mais non. Tu sembles humaine.

J'avoue que tes photos ne valorisent pas toute ta beauté. Je serai fier de t'immortaliser. Femme féminité. Un jour peut-être.

J'aimerais te revoir. Es-tu libre demain ?

Bonne journée
Luc

De: *Luc V*
Objet: Désolé
À: *Isabel xxx*

Isabel,

Je suis vraiment désolé pour cet après-midi, jamais je n'aurais cru rencontrer une de mes ex avec toi. J'avoue que ça peut te sembler fou, mais donne-moi la chance de me reprendre. Cette femme m'en veut encore et elle en a profité pour nous attaquer. Oui c'est vrai que je l'ai laissée ou dompée comme elle te la dit, mais je pense qu'elle est juste encore amoureuse ou blessée.

Tu comprends ?

Luc

De: *Luc V*
Objet: Encore, encore
À: *Isabel xxx*

Isabel,

Bon matin femme de douceur.

Merci pour la balade hier soir.

Hummm. Tes lèvres si douces, j'en veux encore.

Bon réveil

xxx

Luc

De: *Luc V*
Objet: Pour voir, faut croire
À: *Isabel xxx*

Allo Isabel,

Comme je te l'ai dit hier soir,

Ça fait 3 semaines que l'on se fréquente et j'ai plein de réponses sans avoir besoin de me poser trop de questions.

Je suis un émotif et un homme de peu de mots. Je vis et je ressens les choses par en dedans. Je sais que tu aimerais que j'élabore et que je parle plus, mais bon.

Je trouve que certaines de nos discussions sans fin tournent en rond. On vient de deux mondes opposés. Toi de la rationalisation et moi de l'intuition.

Moi, je dois croire pour voir et toi tu sembles avoir besoin de voir pour croire.

Pour vivre de mon art, je dois constamment m'en remettre à la vie chaque jour.

La semaine prochaine, je ne sais pas où je serai et ce que je ferai.

Ça m'a pris des années à bâtir cette confiance par des accumulations de petites victoires et admettre que la vie me supportera constamment.

Que tout l'univers conspirera à atteindre mes buts.

Tout ça tient à un mince fil nommé espoir ou je suis devenu avec le temps, un excellent funambule sans filet.

Te côtoyer me fait un peu chambranler.

Ce qui est vrai pour un peut être faux pour l'autre.

Ce que je tente de t'expliquer Isabel, c'est que tu es une femme fantastique qui vit et réussit selon ses croyances. Tu es attachante, douce, attentionnée et à l'écoute des besoins. Tu es une femme, une vraie.

J'ai constamment été fier de marcher à tes côtés et de t'enlacer dans mes bras.

Tu m'as fait goûter à la rationalité, à comprendre ces gens super éduqués, qui pour la plupart, dirigent cette société. Ces gens intelligents et cultivés qui consomment l'art.

Moi, je le crée, cet art que vous achetez.

J'ai besoin de m'entourer de gens et surtout d'une amoureuse qui comme moi, croient en la vie. J'ai besoin de croire, pour voir.

Merci Isabel, pour notre rencontre d'une grande richesse, où la vie m'a encore une fois forgé.

Tu seras pour toujours dans mon coeur, « femme féminité. »

Je te souhaite tout l'amour que tu recherches... ou mieux.

Luc

De: *Caro xox*
Objet: Curieuse
À: *Luc V*

Allo Luc,

Même si je t'ai trouvé un peu nul, je suis intrigué. Je repense souvent à toi. Tu as enlevé ton profil sur le site de rencontre deux jours après ton erreur de courriel.

Et puis cette Isabel ?

Caroline la curieuse.

De: *Caro xox*
Objet: Merci
À: *Luc V*

Luc,

Merci pour la visite au musée et ton souper, j'ai adoré.

Je me suis senti bien en ta présence.

En fin de compte, je pense que j'ai bien fait de suivre mon intuition même si tu t'étais trompé de nom... J'aimerais apprendre à te connaître.

J'avoue que tu m'as surprise, tu n'as même pas tenté de m'embrasser. Au contraire, tu m'as envouté à discuter. Il y a beaucoup de douceur en toi et ça me sécurise.

Tu es un être attachant Luc.

Comme je te l'ai dit, je suis libre vendredi soir. J'accepte ton invitation au cinéma.

J'ai hâte de te revoir

Caroline

De: *Caro xox*
Objet: Douceur humm
À: *Luc V*

Bon matin Luc,

J'arrive au boulot et je suis fatiguée, mais heureuse. J'ai passé un beau dimanche. Merci

J'aime cette idée de faire dix rencontres au moins, avant de vivre de l'intimité. Ça fait des années que l'on me parle de ça et là, tout comme toi, j'ai le goût de l'expérimenter.

On en es-tu à trois rencontres où on commence ça maintenant :) ?

Je dois malheureusement me mettre au boulot.

À mercredi,

Caroline xxx

De: *Caro xox*
Objet: Mes amies :)
À: *Luc V*

Allo Luc,

Je m'excuse pour hier. Jamais je ne t'aurais dit ça si j'avais su. Pardonne-moi encore.

Je sais maintenant que d'où tu viens, tu as cette blessure et il me fera plaisir de te sécuriser de ce côté, car je tiens à toi.

Moi aussi j'ai des blessures et je suis certaine que tu me respecteras. Je t'ai parlé un peu de mon passé et le fait que tu ne bouscules pas les choses me permet de me rapprocher de toi. Tu gagnes ma confiance à chaque fois. Tu es un homme de parole. Depuis que je te connais, tu respectes tes engagements. Ça me sécurise beaucoup, surtout en début de relation.

J'ai déjà rencontré des hommes qui étaient nébuleux dans leurs intentions et qui n'étaient pas capables de me dire à l'avance quand on se reverrait.
Être ainsi dans le vide m'angoissait. Car moi aussi d'ou je viens, j'ai besoin d'être sécurisé, surtout au début. À vendredi beau mâle.

xxxx
Caro

De: *Caro xox*
Objet: hummmm
À: *Luc V*

Espèce de lover,

Tu n'as pas le droit de me faire l'amour comme ça... Dans mon rêve... :)

Je ne suis pu capable de travailler moi. Les filles au bureau n'arrêtent pas de me poser des questions. Que j'ai l'air heureusement fatigué, C'est quoi son nom, me harcèle t'elles.

J'ai adoré notre week-end, mais j'avoue que de se quitter chaque soir m'a déstabilisée. J'étais allumée moi :)

Je sais que tu n'as pas de contrat cette semaine et hier, je t'ai vue à quelque reprises partir dans ta tête. Je te comprends et je te suggère de prendre le temps de regarder ton site web et de voir tout le beau travail que tu as fait depuis dix ans.

Une entreprise, c'est comme lancer une roche avec une fronde, il y a un moment ou l'on étire ce gros élastique pour ensuite attendre d'avoir la cible bien en vue et puis bang.

Profite de ce moment pour faire un ou deux appels et relaxe un peu. Fais confiance Luc. Je te connais à peine, mais si je me fie à tes dix années à ton compte, tu dois être plus solide que bien des gens pour vivre ainsi dans le vide.

Je crois en toi Luc

Je t'appelle ce soir

xxxxx

Caroline
De: *Caro xox*
Sujet: Wow
À: *Luc V*

Allo Luc,
Moi aussi je me suis perdu dans tes yeux. Tes lèvres hummmm, j'adore. On en est à combien de rencontres au juste :) ?

Mes amies t'ont adoré, cou donc tu avais l'air de connaître tout le monde. Je suis heureuse de voir que tu es aussi social. Paul n'a pas arrêté de parler de toi quand tu es parti. Ça lui fait du bien de parler créations, car il s'emmerde un peu dans sa job. Je l'adore, c'est comme mon frère.

Par contre je ne suis pas certaine que ce soit une bonne idée de mettre les photos de nous sur Facebook, j'suis pas encore prête Luc, désolé, j'ai une petite gêne. Tu as la gâchette rapide avec ton iPhone. J'adore celle où on se balance dans la cour, merci, on est mignon. Je pars demain soir pour le week-end au chalet de ma tante avec toute ma famille, j'ai hâte, mais je suis un peu triste de ne pas te revoir avant mardi.

Bonne fin de semaine mon amoureux
xxx
Caroline

De: *Luc V*
Sujet: Wow
À: Caro xox

Allo chérie, comment vas-tu ?

Tu es surement dans les bras de Morphée. Je t'écris de l'aéroport. Le vol est retardé et je pense être là pour un bon bout de temps. Je devrais être à la maison demain soir.

Moi aussi je m'ennuie de toi. J'ai presque pas dormi de la semaine.

Tu as reçu mes photos de la tour Eiffel ?

Le styliste de madame COCO est tellement gentil. Jamais, je n'aurais cru arriver la. Ils vont utiliser mes photos pour leur site web en fin de compte. Je suis tellement fier. Ils m'ont même fait tourner un bout de clip. J'ai hâte de te montrer tout ça.

Ben non que j'ai pas oublié. Jamais...

Surprise :) J'ai déjà réservé chez M pour souligner nos deux ans d'amour. Notre premier resto. Tu te souviens ? Je t'avais fait rire et tu m'as craché ton vin presque au visage. Jamais dans ma vie, je n'avais autant ri avec une femme.

On dirait que je suis dans un rêve parfois, et j'ai peur de me réveiller.

J'aimerais te dire merci pour tout ce que tu m'as apporté depuis deux ans. Pour ta douceur, ta compréhension et surtout ton don pour tout dédramatiser. À chaque fois que je te regarde, je suis ébahi. Tu te grattes la tête pis je trouve ça beau. Tu portes tellement bien ton corps. Si j'avais à renommer ton nom, il serait féminité.

Je suis fier d'être à tes côtés, tu es si belle. Quand les hommes te regardent du coin de l'oeil, je remercie la vie que tu sois aussi sûre de toi. Tu as cette grande capacité et l'humilité de reconnaître toute ta valeur et de l'apprécier. J'ai toujours eu confiance en toi.

Mais y'a quelque chose qu'il faut que je te dise depuis un an. Tu te rappelles la fois où je me suis emporté et que j'ai quitté cette soirée entre amis.
Ben, j'y pense encore et je veux m'en souvenir toute ma vie. Je t'aime Caroline et jamais plus, je réagirai de cette façon.

Même après deux ans, faire l'amour avec toi c'est comme au premier jour... Bhaaa c'est juste un jeu de mots, car le premier jour on s'en souvient :), disons, comme à la deuxième fois... xxx hummm.

Ta peau si douce, me perdre dans tes yeux, t'embrasser tendrement, passionnément. Je te désire à chaque instant.

Je suis fier de nous. D'avoir pris le temps de se donner ses fameuses neuf rencontres... ou treize, ça dépend comment on voit ça.

Si tu es la dernière femme pour le reste de ma vie, je serai fier et heureux. Car dans mon autre vie, j'ai vécu d'avance le démon du midi.
Il n' y à que toi dans mon coeur et aucun regret de passer à côté de quelque chose d'autre ne me teinte l'esprit.

Mon coeur est à toi Caroline,

Luc ton lover
xxx

Envoyé de mon iPhone

Le petit Luc lève les yeux et reprend la parole.

— C'est dans ces eaux-là de ma vie que je réaliserai que ce qui est faux aujourd'hui peut-être vrai demain et que ce qui est vrai aujourd'hui peut être faux demain.

Que je ferai souvent l'expérience de mes croyances et pour qu'ensuite un événement vienne tout bouleverser et me faire penser autrement.

Que rien n'est immuable et que tout l'univers des possibilités sera ouvert devant moi.

De pourquoi me limiter à stigmatiser ou cristalliser des façons de penser. Tout comme l'homme a longtemps cru, dur comme fer que la terre était plate jusqu'au jour où il en a fait le tour.

J'aurai passé une partie de ma vie à chercher, à comprendre, apprendre et réapprendre. Mon chemin sera parsemé d'embûche, de grande joie et de peine.

L'amour grandira sans cesse dans ma vie et mon coeur. Je m'aimerai et m'accepterai d'avantage en essayant, je dis bien en essayant, d'être neutre face à mon chemin, à cette création de la vie à mon égard.

La honte n'aura plus autant de pouvoir, car mon regard sur moi-même changera. La douceur, la paix et l'harmonie s'empareront de moi davantage.

Je serai encore plus en interaction avec les autres et moins isolé. Je réaliserai qu'ils ne seront pas parfaits, mais qu'ils seront plutôt parfaitement humains et qu'ils auront le droit de l'être.

Je limiterai mes propos face à mes amis (es), car qui serai-je pour leur dire des vérités, surtout s'ils ne me le demanderont pas. De plus, seraient ils prêt a les recevoir ou même mieux, aurai-je raison ? L'ingérence dans la vie des autres prendra tout son sens et je me la fermerai.

Mon parcours affectif m'aura bouleversé quelques années. Mais bon, j'aurai enfin décidé de m'accepter, de l'accepter, et surtout de m'aimer.

Plusieurs fois dans ma vie, mes idoles en relations, certaines familles, amis ou voisins, me surprendront quand je verrai des camions de déménagement tout chambarder.

À mon avis, personne n'est à l'abri de la vie, je penserai.

J'aurai fait plusieurs introspections, des thérapies aux traitements valides à ce moment-là, mais qui plus tard, après m'avoir emmené plus loin dans mon chemin n'auront plus leurs places. Elles seront désuètes, car la connaissance de l'esprit, du coeur et de l'amour auront encore évolué dans cette société.

Mon désir ardent de créer sera encore plus puissant et centralisé. Une maturité créatrice me propulsera plus lentement.

Mais mon plus grand atout à ce moment de ma vie sera ma capacité de m'abandonner. Quand je déciderai, enfin de m'assoir et ralexer pour demander à la vie de me prendre dans ses bras. J'attendrai sagement les opportunités et serai à l'écoute de mon environnement afin d'attraper au vol une multitude d'idées, de réponses et d'inspirations afin de créer aussi les opportunités.

M'abandonner ainsi ne sera pas facile, mais j'y arriverai à certains moments. Ce sera payant mentalement, physiquement, émotivement et spirituellement.

Des gens et des situations seront constamment mis sur mon chemin. Je serai encore plus apte, a voir le comment du pourquoi afin d'en tirer des leçons, de changer ou de m'améliorer.

L'espoir vacillera et grandira en moi. Je m'accrocherai à toutes mes victoires qui créent justement, l'espoir.

J'aurai la foi, de croire pour voir.

Plusieurs événements dans ma vie solidifieront ce faible maillon qu'est la foi non religieuse, qui par une des définitions au dictionnaire est étroitement relié aussi à la confiance, une très forte confiance.

Je testerai cette foi et j'aurai des résultats. Trois exemples me viennent à l'esprit.

Dans un an, j'aurais neuf ans et demi. Je serais alors assis juste en dessous de cette église, dans cette salle communautaire avec toute mon équipe de hockey pour fêter notre fin de saison. C'est alors que me mère s'approchera penché sur moi assis au sol avec tous mes amis et qu'elle me chuchotera à l'oreille.

- - Luc, je sais que tu regardes le beau camion de pompier rouge qu'ils feront tirer dans quelques minutes. Penses-y Luc, pense y fort et il sera à toi, même si vous le méritez tous. Crois-le, sent-le et fait comme s'il était déjà à toi. N'arrête pas Luc, ferme tes yeux et, mets y tout ton coeur, fais moi confiance.

Quelques minutes plus tard, je serai à l'avant avec mon billet gagnant, le gros camion de pompier rouge entre les mains et mes yeux rivés à ceux de ma mère qui me sourira tendrement.

La deuxième fois, j'aurai 28 ans et je serai dans une grande salle de congrès. Nous serons quatre cents personnes et dix de mes collègues seront assis au fond de la salle à mes côtés. Après plusieurs minutes d'hésitation et de peur, je bondirai de ma chaise et partirai à courir, et ce, avant même que cet homme à l'avant ne plongera sa main dans la grosse boite de tirage.

Mes collègues me crieront: « mais où cours-tu comme ça ? Je leur répondrai, je vais chercher mon prix. »

Toute la salle me regardera courir en silence et l'homme en avant me regardera arriver d'un air inquiet.

Il me dévisagera, sortira sa main de la boîte et nommera le nom du gagnant, le mien. Je lui donnerais mon coupon, lui dirait merci et repartirai avec mon prix.

La troisième fois ébranlera tous mes fondements et marquera à jamais ma vie. J'aurai alors 32 ans et serai sur le point de vouloir débuter ma carrière de photographe, mais sans un sou, je serai.

Dans une rencontre avec un de mes mentors de vie, il me suggérera de coller sur le mur de ma chambre, des photos de tout l'équipement de photographie nécessaire et de focaliser mes pensées chaque jour sur ces bouts de papier.

C'est ce que je ferai, et trois semaines plus tard, alors que je serai au resto avec une amie et lui parlerai de mon rêve. Elle me dira:

— Luc, mon père est décédé cette année et il était photographe. Viens chez moi cette semaine, il y a une grosse boîte dans le grenier. Prend ce que tu veux, je suis certain qu'il en serait fier.

De retour chez moi avec cette grosse boîte de carton, je l'ouvrirai en face des mes papiers collés au mur et je réaliserai que le contenu sera identique. Quatre lentilles, la caméra et deux flashs, du même fabricant.

Je ferai encore une fois l'expérience de mes croyances. Que pour voir, faut croire.

Avant que vous me posiez la question, je vais vous répondre.

Oui plus tard dans ma vie, je testerai et collerai des photos de femmes sur mon mur afin de les faire apparaître, et c'est ce qui arrivera.

Mais bon, je n'ai pas de commentaires à ajouter. L'être humain, ç'est peut-être plus compliqué que de découper des bouts de papier.

Un jour, dans la trentaine, je marcherai sur la rue et passerai devant une église. Même si je ne suis pas religieux, ces mots me frapperont en plein coeur. « Dieu t'aime tel que tu es, mais il ne te laissera pas comme ça.»

Par ces mots, je sentirai encore une fois que la vie a des plans et que je devrai être plus souple et lui faire confiance.

Peu importe vos croyances, moi, Luc 8 ans et demi , je vous souhaite l'amour, la paix et la joie pour le reste de votre vie.

Juste avant d'accrocher mon cœur

Dix ans ont passé. Luc est l'heureux père d'une magnifique petite fille de sept ans. Elle se prénomme Cibel.

Caroline est assise au sol avec la petite, à lire les fabuleuses histoires de Fablus. Luc les regarde et une autre bouffée d'amour s'empare de lui.

« Enfin ! se dit-il, la joie persiste et s'acharne constamment sur moi, sur nous. »

Luc est un créateur, et dans son coeur, sa plus belle création, c'est sa famille. Cette oeuvre vivante, de tout les jours.

Il s'allonge sur le sol, Caroline appuie sa tête sur son ventre en le regardant tendrement.

La petite leur sourit et lance:

Hey ! vous autres, les amoureux infinis, j'ai faim.

Luc se lève rapidement. Caroline lui souhaite une belle rencontre. Il embrasse ses amours, saute dans sa voiture et traverse la ville.

— Allo Simone.

— Allo Luc Vallan, je suis heureuse de te revoir, ça fait un petit bout de temps.

Qu'as-tu de bon à me raconter aujourd'hui?

— Pas grand-chose Simone, je vais bien.

— Tant mieux, je suis heureuse pour toi. Sais-tu Luc, que tu es vraiment bon de venir me voir à chaque mois depuis toutes ces années. Peu de gens le font.

— Ben là Simone, c'est quoi une heure dans un mois ? y'en a qui vont se faire masser toutes les semaines pour se faire du bien. Oui, masse mon âme Simone, dit Luc en riant.

—J'ai fait un petit ménage dans mon bureau cette semaine et j'ai ça pour toi.

Simone lui glisse délicatement une lettre devant lui.

— Te souviens-tu Luc ? Relis-la moi.

— Quoi ! Tu as gardé cette lettre depuis treize ans Simone?

— lis-la, Luc, je pense que ce petit rappel vas fermer une boucle, J'attendais intuitivement le bon moment. À ton avis Luc, as-tu réussie a faire la paix avec ?

— C'est certain Simone, sinon j'en serai pas la avec Caroline et ma fille.

— Relis-la moi Luc.

Luc prend la lettre et son petit mal de ventre le taquine. Il a chaud et se demande si ce sera utile.

Péniblement, il commence sa lecture.

Des mots dans le moi

21 novembre 2008

Je t'écris, car je suis vraiment désolé pour tout. Jamais de ma vie, je n'ai autant blessé un être humain. Ça fait longtemps que je veux, le dire.

La voix perturbée, Luc retient sa peine et prend une grande respiration.

Pardonne-moi... Penses-tu que je me suis levé un matin et que j'ai décidé de te blesser, d'ignorer tes besoins, de te faire vivre du rejet, d'abuser de toi, de te mentir, de te dénigrer, de t'abaisser constamment aux yeux des autres et de mettre ta confiance entre les mains de gens qui n'ont même pas confiance en eux.

Je suis désolé de t'avoir laissé tomber, de ne pas avoir respecté ta sexualité, ton corps, de t'avoir volé, trompé et escroqué. Je suis vraiment désolé pour toute cette souffrance que je t'ai infligée.

J'ai dépensé ton argent, je t'ai mis sérieusement dans le trouble et surtout dans l'insécurité. À cause de moi, tu as accepté de travailler dans des conditions exécrables pour nous sortir de là.

Combien de fois je n'ai pas écouté tes conseils, tes intuitions et tes directives ! Tu étais convaincu et je n'écoutais rien. À cause de moi, des gens t'ont détesté, ont sali ton nom et certains même, se sont vengés.

Combien de sorties je t'ai empêché de faire, car je préférais rester isolé ? Combien de fois, t'ai-je délaissé à cause de ma maîtresse... Ma job.

Sans réfléchir, je t'ai fait côtoyer des abuseurs. À cause de moi, tu t'es fait blesser constamment.

Pour tout ça et plus encore, je suis sincèrement désolé.

Moi je t'aime, je t'ai toujours aimé, mais je ne savais pas comment.

Je m'engage dès maintenant à respecter tes besoins même si cela me demande des efforts. Je m'engage à t'aimer et à te donner tout ce dont tu as besoins, au risque de perdre.

Je t'aime et je vais prendre soin de toi dès maintenant...

Petit Luc.

Luc

Fin

Remerciements

Jean-Marie Lelièvre
Marie France Bancel
Andrée-Anne Simard
Caroline Charbonneau
Francis Turenne
Lise Garceau
Louise Sigouin
Giselle Green
Julie Binette
Mylène Healy
Michel et Lise Duranceau
Marie-Josée Fréchette
Tania Laurendeau
Martine Ouellet
Isabelle Barrette
Mélina Lignos
Isabel Cuddihy
Isabelle Bourassa
Karine Beaulieu
Caroline Cardona
Jean-Pierre Carrier
Paul benjamin
Jean Paré
Gerry Bonneau
Josée Debien

La bande annonce

Vicky Bussières - photographe
Francis Brodeur
La famille Duranceau et Deguire
Lucas Asselin
Sophie Tellier
Fanny Migneault-Lecavalier
Frédéric Poulin - maquilleur
Mélodie Guibeau
Aymeric Deguire
Marianne Grenier